Pénélope

la femme
aux mille ruses

ISABELLE PANDAZOPOULOS

ILLUSTRÉ PAR GAZHOLE

HÉROÏNES DE LA MYTHOLOGIE

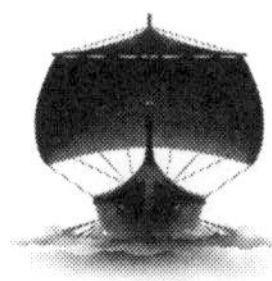

Pénélope

la femme aux mille ruses

Gallimard Jeunesse

Héroïnes de la mythologie

Athéna la combative
Pénélope, la femme aux mille ruses
Ariane l'astucieuse
Déméter l'indomptable

1

Où l'on apprend les circonstances de la naissance de Pénélope

Icarios pensait être un roi heureux. Il régnait en Acarnanie, sur une terre aimée des dieux, aux côtés de sa tendre et délicate épouse, Périboéa, qui lui avait donné cinq fils.

Mais le roi vivait le cœur serré, car il avait le désir ardent d'avoir une fille. Chaque jour, il allait prier secrètement Déméter, la déesse de la nature féconde. Il lui apportait ses offrandes, un peu de vin et quelques fleurs des champs. À genoux, il formulait avec ferveur son vœu le plus cher, prenant garde que personne ne l'entende, car il était bien conscient d'être un peu ridicule. Les autres rois se contentaient d'avoir des fils. Mais lui, Icarios, voulait une fille. Comme un dernier rayon de soleil sur une mer apaisée.

Il imaginait qu'elle serait aussi souriante et douce

que sa mère, qu'en grandissant elle deviendrait le miel qui soulagerait ses vieux jours. Et surtout, qu'elle aurait plus de qualités que sa cousine Hélène ; des dons uniques qui viendraient éclipser la beauté de la fille de son frère, Tyndare, le roi de Sparte.

Sa fille à lui, Icarios, serait forcément plus intelligente, plus douée, plus gracieuse, plus habile de ses mains.

Néanmoins, cela suffirait-il à faire oublier la beauté d'Hélène ? Il en doutait. Pour cela, il aurait fallu qu'elle puisse être aussi puissante qu'un homme. Icarios haussait les épaules. Une femme aussi puissante qu'un homme, c'était impossible, cela n'existait pas ! Quel rêve idiot… !

Peut-être les dieux entendirent-ils ses prières. Ou peut-être décidèrent-ils de se moquer de lui. Périboéa, sa femme, tomba bientôt enceinte. Ensemble, ils allèrent consulter un oracle après que le roi eut fait un rêve étrange : il s'était vu poursuivi par une oie sauvage qu'il avait adoptée. La devineresse, touchant le ventre de la reine, tordit la bouche, hésita, et finit par marmonner :

– Ta fille gouvernera longtemps un peuple sans tête.

Icarios laissa éclater sa joie, n'ayant entendu qu'un seul mot de ce que venait d'annoncer la femme à la bouche tordue. Il allait avoir une fille, *sa* fille, et il était certain qu'elle comblerait toutes ses attentes. Seule Périboéa se demanda, inquiète, quel sens avait la prédiction de l'oracle. Une fille gouverner ? Un grand malheur assurément !

Icarios la rassura.

– Tu sais bien, Périboéa, qu'une femme est incapable de gouverner ! Ce que veut sans doute signifier l'oracle, c'est qu'elle aura du pouvoir sur les cœurs...

Périboéa haussa les épaules, pas complètement convaincue, mais elle se garda bien de le dire à voix haute, par peur de contrarier son époux.

L'enfant naquit un beau jour de printemps ensoleillé, les yeux grands ouverts.

Hélas ! quand il la vit, le roi Icarios fut terriblement déçu. Elle était évidemment moins belle que sa cousine Hélène. Et plus frêle et chétive que ses frères. Alors, il s'écria, consterné :

– Mais, petite oie sauvage, que va-t-on faire de toi ?

On décida d'appeler l'enfant Pénélope. Et le roi, dépité, se remit à gouverner comme avant, oubliant bien vite cette fille qui n'était pas à la hauteur de ses rêves.

2

Où l'on apprend comment Pénélope découvrit la ruse

La fille d'Icarios grandit donc, au milieu de ses cinq frères, sans entraves et sans surveillance. Elle était toujours libre d'aller et venir comme bon lui semblait. De nature curieuse, elle apprenait vite et ne se lassait jamais de faire de nouvelles découvertes. Ainsi, Pénélope devint une jeune fille indépendante de corps et d'esprit. Elle n'imaginait pas que sa vie se déroule autrement que selon sa volonté.

C'est alors que son destin prit un tour nouveau.

Elle aimait jouer avec ses frères et, pendant longtemps, ce goût ne dérangea personne. Jusqu'au jour où sa mère découvrit par hasard qu'elle courait désormais plus vite que le cadet de ses fils, qu'elle était plus forte au javelot et qu'elle montait surtout un cheval réputé indomptable.

Périboéa en fut épouvantée. Elle courut immédiatement en informer Icarios, qui leva un sourcil contrarié et convoqua Pénélope.

Il revenait justement d'un séjour chez son frère Tyndare. Hélène était devenue aussi éblouissante que le soleil. La jalousie du roi en avait été aussitôt ravivée.

Sa petite oie sauvage n'était même pas jolie, se dit-il en voyant apparaître sa fille, qui allait pieds nus et cheveux au vent. Essoufflée, les joues rouges d'avoir couru, elle se planta devant ses parents, pressée qu'ils en finissent au plus vite. Le regard consterné qu'ils avaient toujours posé sur elle la mettait mal à l'aise.

Quand ils lui annoncèrent leurs intentions, Pénélope ouvrit des yeux ronds, puis elle éclata de rire et retourna jouer dehors avec ses frères, qui avaient organisé une course à travers les bois. Mais Icarios et Périboéa ne plaisantaient pas.

– Tu passeras désormais tes journées dans ta chambre avec l'interdiction de chasser, de tirer à l'arc, de faire de la lutte ou de monter à cheval ! ordonna son père.

– Et je ne veux plus que tu prennes la parole en public, ajouta sa mère, scandalisée. Les questions que tu poses, tes commentaires permanents sont devenus indécents à ton âge. Il est grand temps que tu apprennes la pudeur, la réserve et que tu restes à ta place.

Pénélope écouta, les yeux baissés, sans réagir d'abord. Chaque mot était comme un coup de poignard – ou comme des tours de clef dans une porte qu'on fermait derrière elle.

– Mais pourquoi ? murmura-t-elle, après un long silence, les yeux remplis de larmes. Qu'ai-je fait pour mériter un sort aussi cruel ?

– Ta mère a raison, mon enfant, expliqua Icarios, ému par le chagrin de Pénélope. Tu es une fille, ton rôle est d'être ici, près de moi, près de nous, et nulle part ailleurs…

– … jusqu'à ce que tu sois en âge d'être mariée, ajouta sa mère.

Pénélope comprit que son sort était scellé depuis longtemps déjà. La colère, le sentiment d'injustice et l'incompréhension la plus totale se bousculaient dans sa tête. Elle qui avait toujours été d'humeur égale entra dans une rage épouvantable. Elle se roula par terre, hurla, pleura et s'arracha les cheveux sans que rien ni personne parvienne à la ramener à la raison. On finit par la pousser dans sa chambre en espérant que le sommeil la calmerait. Mais le lendemain, ce fut pire encore, elle refusa de manger et se jetait toutes griffes dehors sur ceux qui venaient pour essayer de lui parler.

– Il faut tenir bon, soutint Périboéa.

Icarios n'avait aucune intention de céder. Il hocha la tête. Pénélope finirait par rentrer dans le rang. Il était grand temps qu'elle apprenne à plaire, qu'elle devienne un peu plus docile et sage, car qui voudrait épouser une femme indomptable ?

La tempête dura jusqu'à ce que les forces de Pénélope l'abandonnent. Elle avait faim et soif et elle avait surtout terriblement envie de vivre. Durant ses longues semaines de solitude, elle avait beaucoup réfléchi et en était arrivée à la conclusion qu'elle devait obéir.

Elle apparut un soir dans la grand-salle du palais, les yeux baissés, les cheveux sagement enroulés dans le bas de sa nuque, la peau pâlie par les nuits sans sommeil. On l'accueillit à bras ouverts. Elle mangea peu, ne croisa le regard de personne, mais elle répondit d'une voix douce chaque fois qu'on lui adressa la parole.

Périboéa lança un regard victorieux à Icarios qui serra fièrement sa fille contre lui. Ce soir-là, ils s'endormirent contents.

« La ruse a fonctionné », pensa Pénélope, quand elle fut revenue dans sa chambre.

Ses parents n'avaient rien vu du feu qui continuait de brûler dans ses veines.

« Ils n'en sauront jamais rien, se promit-elle encore. Je vais être plus forte qu'eux, plus maligne, plus habile... Jamais je ne me soumettrai à quelqu'un, ni à mon père, ni à mes frères, ni à ma mère ; et à un homme encore moins. Jamais ! »

La porte de sa prison s'était entrouverte par la seule force de sa volonté. À cette pensée, elle sourit et s'endormit réconfortée par cette découverte.

3

Où l'on mesure que la conquête du cœur de Pénélope demande des qualités prodigieuses

Les mois et les années passèrent ainsi, à cacher ses pensées, à faire bonne figure, à mesurer chaque mot, chaque regard et chaque geste. Elle y parvint si bien que plus personne ne se souvenait qu'elle avait été une enfant vive, spontanée, drôle et très libre.

En apparence, Pénélope était devenue une ombre qui marchait dans les pas de son père, toujours attentive et serviable. À force de sollicitude, elle finit par se rendre indispensable. La moindre absence de sa fille mettait Icarios de fort méchante humeur et les affaires du royaume en souffraient. Alors on courait chercher sa petite oie sauvage et la vie pouvait reprendre son cours ordinaire.

Mais l'amour d'Icarios pour Pénélope finit par

agacer ses frères. Ils estimèrent qu'elle n'avait pas sa place dans la salle du Trône, où se prenaient toutes les décisions importantes. L'aîné surtout était particulièrement furieux.

– Elle n'a rien à faire là ! s'emporta-t-il un jour qu'elle feignait de jouer avec un chiot non loin de la table où siégeait le conseil pour une affaire importante.

– C'est vrai, renchérit le cadet. Qu'elle aille avec sa mère !

– Qu'elle tisse...

– ... ou qu'elle danse...

– ... ou qu'elle aille au jardin !

Le roi sourit et rétorqua d'un ton ferme :

– Mais moi, je préfère quand elle est près de nous.

Les cinq frères levèrent les yeux au ciel et lui tournèrent le dos.

« Je crois que j'ai trouvé la solution pour me débarrasser d'elle, pensa l'aîné. C'est tout bête ! Il suffit qu'on la marie ! »

Et il mit dès lors toute son énergie à lui trouver un époux.

Chaque semaine, un nouveau parti se présentait en Acarnanie. C'étaient des hommes prometteurs, courageux, plutôt jeunes et beaux et, pour certains d'entre eux, assez riches.

Pénélope accepta de tous les rencontrer. Elle les

accueillait avec un grand sourire. Elle affichait même un réel enthousiasme à la perspective de passer la journée avec eux.

Évidemment, elle les refusa tous, méthodiquement, les uns après les autres.

Celui-ci avait mauvaise haleine.

Avec celui-là, elle s'était endormie pendant qu'il faisait le compte de son immense fortune.

Quant à cet autre, il était beaucoup trop vieux.

Et lui ? Trop gros et vraisemblablement paresseux !

Non, décidément aucun d'eux n'avait fait battre son cœur.

Ses descriptions faisaient rire son père, qui était secrètement ravi de la garder à ses côtés. Pendant ce temps, Périboéa s'inquiétait et ses frères s'exaspéraient. Mais Pénélope était bien décidée à ne pas céder à leurs propositions idiotes. Devant eux, elle prenait un air triste et contrit, comme si elle avait hâte d'être enfin mariée. Ainsi, le temps passait et elle continua de vivre la vie indépendante qu'elle avait envie de mener…

… Jusqu'à ce que l'ombre de sa cousine Hélène vînt à nouveau planer sur son propre destin.

Alors qu'elle était en train d'offrir un sacrifice à la déesse Artémis, Hélène fut brutalement enlevée par deux jeunes Grecs immatures. Thésée et son ami Pirithoos avaient eu vent de l'exceptionnelle beauté de la jeune fille et avaient décidé qu'elle était faite pour eux. Dès qu'elle fut entre leurs mains, ils se la disputèrent et, comme ils ne parvenaient pas à se mettre d'accord, ils la jouèrent aux dés. Ils étaient si égoïstes et si violents qu'ils ne doutèrent pas un instant qu'Hélène finirait par être satisfaite de son sort. Ce fut l'impétueux Thésée qui l'emporta, mais sa victoire si peu glorieuse ne lui servit à rien. Une armée entière était partie à sa recherche pour lui reprendre la belle Hélène. Quand Thésée vit les soldats furieux prêts à le transpercer de leurs lances, le jeune imbécile prit peur et rendit Hélène à sa famille. C'est ainsi qu'elle revint chez elle saine et sauve. Mais l'inquiétude que son enlèvement avait suscitée changea sa vie et celle de Pénélope. On décida, à Sparte et en Acarnanie, de marier les deux filles au plus vite.

Tyndare invita tous les jeunes et valeureux héros du pays, et il décréta que le plus rapide et le plus courageux gagnerait le droit d'épouser sa fille. Tous les hommes en âge de se marier prirent donc la mer pour tenter leur chance. Lequel n'avait pas secrètement rêvé d'épouser la belle Hélène ?

Pénélope, horrifiée par ce concours, ne dit rien. Elle se doutait que bientôt son père imiterait Tyndare. L'idée de devenir le trophée d'une épreuve sportive la mit au désespoir. Mais comment faire pour refuser le vainqueur du jeu dont elle serait le prix ?

4

Où le roi Icarios comprit trop tard que sa fille n'était pas aussi obéissante qu'elle en avait l'air

Un jour de grand soleil, on annonça le roi d'Ithaque, un dénommé Ulysse, qui arrivait de son île pour se rendre à Sparte. Il avait demandé à être reçu au palais d'Icarios, car la route était encore longue pour atteindre sa destination. On disait qu'il était à la recherche d'une épouse depuis plus d'une année. Il avait parcouru la Grèce du nord au sud et de ville en ville sans avoir rencontré celle qui ferait chavirer son âme.

On racontait aussi qu'il aimait plaire et que tout le monde tombait sous son charme. Non qu'il fût particulièrement beau. Mais il dégageait un attrait assez inexplicable qui envoûtait même les plus capricieuses. D'autres rumeurs le disaient un peu rustre, silencieux et bourru ; souvent de mauvaise humeur, jamais aussi heureux que lorsqu'il naviguait. Il était très doué pour la course et la lutte, et d'aucuns le donnaient comme futur gagnant des épreuves, ce qui lui permettrait d'épouser la belle Hélène.

Une telle description piqua la curiosité de Pénélope. Elle disparut alors du palais et resta introuvable.

Ulysse avançait dans la forêt obscure et silencieuse qui bordait les terres du roi Icarios. Il marchait depuis une heure sous un soleil de plomb quand il croisa une jeune femme occupée à traire une chèvre. Il l'observa un moment à son insu, impressionné par la dextérité de ses doigts et la douceur avec laquelle elle traitait sa bête. Même à Ithaque, il n'avait jamais croisé une chevrière aussi habile. Quand elle eut rempli tout un seau de lait, il s'avança pour demander son chemin.

Elle se retourna, se leva et le toisa des pieds à la tête. Jamais, non plus, une femme ne l'avait regardé avec un tel aplomb.

– Qui es-tu, étranger ? Qu'est-ce qui t'amène ici ? demanda-t-elle soudain.

Elle parlait sans coquetterie d'une voix forte et mélodieuse, avec ses yeux à hauteur des siens, des yeux immenses, aussi bleus et profonds que la mer en été. Elle le troublait tant qu'il répondit en bafouillant :

– Eh bien... je suis, je m'appelle Ulysse, fils de Laërte. Je viens d'Ithaque, une île qui...

Il leva la main pour désigner un point qui devait se trouver par-delà l'horizon. Elle regarda dans la direction qu'il indiquait, comme si elle était prête à sauter dans son navire et à partir dans l'heure. Il se rendit compte qu'elle était pieds nus et qu'elle avait les chevilles aussi fines que l'étaient ses poignets.

Il poursuivit :

– Je fais halte ici avant d'aller à Sparte.

– Toi aussi… alors…

Elle le fusilla du regard avant de poursuivre :

– … Tu veux faire la course pour épouser Hélène ?

Puis, sans transition, elle éclata de rire. Un rire clair et moqueur qui s'envola dans les airs comme une hirondelle au printemps. Il toucha sa barbe, rajusta ses habits et se sentit rougir sous le regard impertinent de cette étrange jeune fille.

– T'es-tu demandé ce qu'elle en pensait, elle ? poursuivit la chevrière.

– Non, avoua-t-il, honteux.

– On raconte qu'elle n'a aucune intention de se marier.

– Ce n'est pas ce que m'ont dit ceux qui l'ont rencontrée.

– Et que racontent ces imbéciles ? rétorqua-t-elle vivement.

– On dit qu'elle se prépare, qu'elle s'impatiente, qu'elle fera…

La chevrière lui tourna le dos avant qu'il eût fini sa phrase.

– Mais… qu'est-ce que j'ai dit ? Où vas-tu ?

Il hésita à la suivre. Le temps qu'il se décide, elle avait disparu.

Ulysse fut reçu chez le roi avec tous les honneurs dus à son rang. On lui offrit à boire et à manger et on le fit asseoir sur un siège brillant. Icarios ordonna qu'on prépare pour le soir une réception en son honneur. Ulysse apprit alors que le roi avait une fille qui s'appelait Pénélope et qu'elle était en âge de se marier.

Il s'étonna en lui-même de n'en avoir jamais entendu parler. Elle devait être bien laide pour qu'on la tînt cachée, pensa-t-il. Il s'aperçut alors qu'il n'avait cessé de penser à la jeune chevrière que le hasard avait placée sur sa route.

Pénélope n'apparut que fort tard, bien après la fin du repas, et de fort méchante humeur. Elle s'avança d'un pas lent vers l'hôte de son père, les yeux baissés et le visage à moitié dissimulé par l'ombre de sa chevelure. Malgré tous ses efforts pour rester cachée, il lui fallait saluer Ulysse.

Mais celui-ci l'avait reconnue à l'instant même où elle passait le seuil de la porte. C'était cette chevrière qu'il avait rencontrée en venant ! Oui, c'était bien elle, mais si différente, tellement gauche et timide… Elle marmonna d'une voix terne quelques mots de bienvenue. Un instant, il crut qu'il se trompait, qu'il avait dû rêver.

Il demanda au roi si Pénélope avait une sœur.

Icarios lui assura que non.

C'était donc elle ! Le cœur d'Ulysse battait soudain trop fort. Il avait envie de la serrer dans ses bras et de l'entraîner loin de cet endroit qui la rendait si triste. Il rêvait d'entendre à nouveau ce rire cristallin qui l'avait bouleversé quand ils étaient tous deux en plein soleil. Mais voilà qu'il se mit à douter : que signifiait son manège ? S'était-elle jouée de lui en se faisant passer pour une chevrière ? Et pourquoi l'ignorait-elle maintenant ? Qu'avait-il dit… ou pas dit ? Il s'en souvenait, c'était au moment où il parlait d'Hélène que la jeune fille s'était enfuie en courant. Il comprit trop tard ce que Pénélope éprouvait : cette course organisée par Tyndare était une insulte à la femme qui en était l'enjeu.

Ulysse prit son courage à deux mains pour l'inviter à danser. Mais elle refusa sèchement, arguant qu'elle était souffrante, puis elle quitta la salle. Ulysse, désespéré, n'avait même pas réussi à croiser son regard.

Pénélope regagna sa chambre en courant et se jeta sur son lit, en proie à de violentes émotions. Impossible de s'endormir. Elle resta éveillée la nuit entière, tournant en rond et sondant son cœur. Au moment où parut l'aurore aux doigts de rose, elle s'effondra enfin en larmes, heureuse et effrayée comme jamais elle ne l'avait été auparavant. Oui, c'était bien cela, elle était tombée amoureuse !

« Quelle épouvantable catastrophe », se dit-elle.

Et elle se remit à pleurer. Parfois, elle souriait au milieu de ses larmes : Ulysse n'avait pas caché qu'elle lui plaisait aussi.

Mais comment être sûre qu'il n'allait pas se moquer d'elle ? ou se lasser et repartir ? Comment être sûre de sentiments qu'elle-même éprouvait pour la première fois ? Comment ne pas souffrir ? Elle se tordait les mains, dans un sens et dans un autre. Quel bonheur… Quelle terreur… Quel délicieux tourment !

« Il faut que je le mette à l'épreuve, pensa-t-elle soudain. Que je lui trouve un vrai défi à relever. Quelque chose qu'il n'aurait jamais fait sans moi, qui le surprenne et l'oblige à braver des interdits… ! Mais quoi ? »

Elle réfléchit longtemps sans trouver de réponse, enfermée dans sa chambre, laissant passer les jours. Elle s'approchait parfois de sa fenêtre et découvrait qu'il n'était jamais loin, guettant son apparition. Ils se faisaient alors un signe et se dévoraient des yeux sans rien se dire.

« Qu'il soit si patient, c'est plutôt bon signe, se disait-elle en riant. Il pourrait repartir. Ou dire à mon père qu'il m'a vue déguisée en paysanne en train de traire une chèvre… Il a choisi de garder son secret pour lui. *Notre* secret ! »

Elle finit par trouver une idée. Une idée incroyable, saugrenue et qui demandait une certaine audace. Si Ulysse refusait de relever le défi, ou pire s'il se montrait choqué, alors elle le renverrait chez lui comme elle en avait déjà renvoyé tant d'autres.

Elle s'arrangea pour lui donner rendez-vous à la nuit tombée sur le lieu de leur rencontre.

Quand Ulysse arriva, le soleil jetait ses derniers rayons sur la mer Ionienne, le ciel rougeoyait de mille feux et semblait ne jamais vouloir s'éteindre. Le troupeau de chèvres était là, et la chevrière en train de traire une bête qui bêlait doucement de satisfaction.

Ulysse s'approcha. Ne sachant comment parler à Pénélope après tout ce silence, il bafouilla quelques mots idiots :

– Il fait beau, n'est-ce pas ? Et ces couleurs dans le ciel, c'est tellement…

La chevrière se tourna vers lui. Il recula. Ce n'était pas la fille d'Icarios mais une paysanne aux traits épais qui déclara simplement :

– Elle t'attend au palais demain matin.

– Mais… de qui parles-tu ? s'écria Ulysse, stupéfait.

– Demain matin, répéta la chevrière, dans la salle où elle tisse.

Ulysse fronça les sourcils : jamais il ne pourrait, lui, un homme, accéder à cet endroit reculé du palais qui était exclusivement réservé aux femmes.

La paysanne poursuivit :

– J'ai laissé dans les broussailles de quoi t'habiller. J'espère que la robe sera assez longue. J'ai fait ce que j'ai pu.

Sur ces mots, elle disparut.

Ulysse n'en revenait pas. Mais pour qui Pénélope le prenait-elle ? Alors qu'ils pouvaient se voir librement, à quoi servait ce jeu ? Et son orgueil alors ? Et sa réputation ? Il risquait des moqueries éternelles si quelqu'un apprenait qu'il avait accepté de se déguiser en femme pour plaire à Pénélope.

S'approchant des broussailles, il trouva le paquet qui contenait une jolie robe parfaitement ajustée à sa taille. Il la jeta avec fureur et revint sur ses pas.

Le lendemain, à l'aube, on frappa à la porte du palais. Il était si tôt que la plupart des gens étaient encore endormis. Sur le seuil se tenait une vieille toute courbée, portant un grand panier. Elle marmonna qu'elle apportait la laine que Pénélope lui avait commandée. On vérifia. La laine était de belle qualité. On fit entrer la vieille.

C'était Ulysse, bien sûr, qui devait maintenant avancer cahin-caha dans les longs couloirs du palais. Les tuniques des hommes étaient moins longues, beaucoup plus faciles à porter. Il redoutait de descendre et de monter des marches, car il ne savait comment s'y prendre pour ne pas marcher sur le bas de cette robe.

– Mais comment font les femmes pour ne pas tomber ? maugréa-t-il entre ses dents.

Après avoir trébuché à plusieurs reprises, il arriva enfin devant la porte de la salle où se trouvait Pénélope. Il prit soudain la mesure du danger.

« Et si c'était un piège ? se dit-il, tétanisé. Si Pénélope n'était qu'une femme cruelle et un peu folle qui jouait avec moi à la manière des chats avec leur proie ? »

Debout sur le seuil, il se tenait tête baissée, n'osant parler. Il sentait les regards qui s'attardaient sur lui, et sa silhouette empotée qui ne devait tromper personne.

– Mais pousse-toi donc, la vieille ! s'exclama l'une des femmes qui voulait sortir de la pièce. Que fais-tu là, plantée comme un vieux chêne, à nous empêcher de passer ?

Il sursauta, choqué, vexé, mais n'osant ni avancer ni reculer.

– Mais tu es sourde en plus ?

Elle s'apprêtait à l'empoigner quand Pénélope s'écria :

– Laisse-la tranquille ! C'est moi qui ai commandé cette laine !

Se tournant vers la vieille, elle ajouta d'une voix autoritaire :

– Mais viens donc, l'aïeule ! Tu vois bien que je t'attends !

La vieille obéit avec tant d'empressement que, se prenant les pieds dans sa robe, elle manqua de tomber à plat ventre. Pénélope éclata de rire. Ulysse avait tant rêvé d'entendre à nouveau ce rire qu'il en fut bouleversé. Leurs regards se croisèrent et toutes ses craintes s'envolèrent. Pénélope était non seulement sincère mais elle était merveilleuse, pleine de gaieté et de fantaisie.

Ainsi, déguisé en vieille paysanne, il se trouvait être le plus heureux des hommes. Des servantes s'affairaient partout dans la salle, l'empêchant de parler. Assis sur un petit tabouret aux pieds de Pénélope, il la regardait tisser avec l'habileté d'une déesse. Il observa plus attentivement l'ouvrage sur laquelle elle penchait son délicieux visage. Il étouffa un cri de surprise comme si on venait de lui tendre un miroir. Car ce qu'il vit ressemblait exactement à ce qu'il était en train de vivre : c'était la même scène, sauf qu'on comprenait parfaitement en regardant l'image que la femme assise aux pieds de la reine était en réalité un homme.

– Connais-tu l'histoire que je suis en train de tisser, l'aïeule ? lança Pénélope, qui jubilait.

La vieille se recroquevilla sur elle-même et secoua la tête pour dire non.

– C'est pourtant l'une des épreuves les plus difficiles qu'a dû surmonter Héraclès, le fils de Zeus, celui qui a vaincu tant de monstres, raconta Pénélope. Le plus grand des héros de la Grèce a accepté de se déguiser en femme pour obéir à Omphale, cette femme qui régnait sur la Lydie et avait acheté Héraclès pour en faire son esclave ! On raconte qu'il adorait porter des robes et des bijoux !

« C'est donc ainsi qu'elle a eu cette idée singulière... », comprit-il, étonné. Il se sentit fier d'avoir réussi une épreuve qu'avait surmontée Héraclès avant lui. Ses pensées filaient à toute allure :

« Je ferais n'importe quoi pour lui plaire ! » se disait-il, le cœur battant.

N'y tenant plus, il murmura, brûlant de désir :

– Pénélope, je voudrais passer ma vie à tes côtés. Car même ainsi, déguisé en vieille, il me semble que je n'ai jamais été aussi heureux !

Elle rougit, porta un doigt à ses lèvres pour le faire taire. Ce qui la fit rougir un peu plus encore. Quand ils furent enfin seuls, elle devança ses mots :

– Je t'accepte pour époux si tu souhaites m'épouser, déclara-t-elle dans un souffle.

– Mais oui... oui... ! bafouilla-t-il, surpris par son audace. Mais avant que tu t'engages, je veux que tu saches...

Il prit sa main dans la sienne et elle la lui laissa. Se toucher les troublait tant qu'ils n'osaient se regarder. Il reprit d'une voix grave :

– J'habite Ithaque, une île perdue, loin des fastes d'Athènes, loin des fêtes de Sparte. On se moque souvent de sa rudesse et de son isolement. Là-bas, on vit de notre pêche et du lait de nos chèvres. C'est un endroit battu par les vents, où les pluies sont rares mais les tempêtes éprouvantes. Je ne peux te promettre la vie brillante que tu mérites… et pourtant je voudrais t'emmener là-bas avec moi.

Elle en avait assez entendu.

– C'est cette vie-là que je choisis, Ulysse ! s'exclama-t-elle, enthousiaste.

Et elle posa ses lèvres sur les siennes.

Le jour suivant, Ulysse se rendit à Sparte pour assister aux jeux organisés par Tyndare. Il refusa cependant de concourir avec les autres et expliqua pourquoi. On respecta son choix quoiqu'on s'en étonnât. Comment préférer Pénélope à Hélène, la plus belle des mortelles ? En guise de réponse, Ulysse se contenta de sourire et de féliciter Ménélas, l'heureux vainqueur, qui avait gagné le droit d'épouser Hélène. Puis il repartit au plus vite retrouver sa bien-aimée.

Quand le roi Icarios apprit la décision de sa fille, il n'en crut pas ses oreilles. Il essaya de la dissuader, prédit qu'elle aurait une existence épouvantable, qu'elle serait malheureuse au milieu de paysans incultes, et plus encore avec cet Ulysse qui avait l'air d'un sot. Il ne parvint qu'à l'amuser un peu plus encore.

En désespoir de cause, il lui proposa de rester

auprès de lui après son mariage. En guise de réponse, elle se cacha le visage derrière son voile. On raconta que c'était par pudeur. Et personne ne sut que, par respect pour son père, elle avait retenu cet éclat de rire moqueur dont Ulysse était si gourmand.

5

Où l'on apprend que les ruses peuvent conduire au bonheur

L'île était aussi belle et sauvage que dans les descriptions d'Ulysse. D'un côté, ouverte à tous les vents, bordée de falaises tombant à pic dans une mer toujours houleuse, elle semblait inhospitalière. De l'autre, la côte était douce et des golfes aux formes accueillantes, à l'eau claire et calme, permettaient aux navires d'accoster sans encombre. Il fallait monter une pente escarpée entre des pins et des cyprès pour gagner le palais qui dominait la baie vers l'ouest et vers le nord. Le vent soufflait avec force, apportant partout l'odeur enivrante des fleurs gorgées de soleil.

Pénélope se sentit aussitôt chez elle sur cette île à la vie âpre et simple. Elle fut accueillie avec joie par Laërte et Anticlée, les parents d'Ulysse. Les fêtes pour les noces des jeunes amoureux durèrent presque une année. Ulysse réussit aussitôt à partager avec sa jeune épouse son amour pour Ithaque. Elle connut bientôt chaque pierre, chaque étendue de sable et chaque être vivant de son île bien-aimée.

Pénélope, qui était curieuse de tout et de chacun, gagna rapidement le cœur du peuple. On s'accorda pour dire que la jeune femme avait transformé leur roi. Jusqu'alors, le jeune Ulysse avait été instable, imprévisible et sombre comme les tempêtes qui s'abattaient sur l'île. Et bien qu'on le reconnût courageux et juste, il avait toujours été plus craint qu'aimé.

Quand Pénélope donna naissance à un fils, le petit Télémaque, c'est Ithaque en entier qui remercia les dieux. L'enfant était aussi beau et heureux d'être venu au monde que l'étaient ses parents. Comme par un fait exprès, la pêche fut abondante cette année-là, le lait des chèvres riche et nourrissant et la récolte de blé remplit les greniers pour longtemps. La nourrice d'Ulysse, Euryclée, était encore assez jeune pour s'occuper de l'enfant. Pénélope lui confia Télémaque.

Ce bonheur-là était si pur et si vrai qu'il semblait ne jamais devoir cesser.

Un soir pourtant, alors que le vent soufflait avec une puissance dévastatrice, Pénélope crut que cette vie heureuse allait prendre fin. Ulysse était parti tôt avec son chien Argos pour aider les pêcheurs qui tentaient de mettre leurs barques à l'abri. Il y avait passé la journée entière. Maintenant la nuit était tombée, il n'était pas revenu. La fille d'Icarios scrutait les ombres en vain. Ce n'était pourtant pas la première fois qu'il passait une nuit dehors aux côtés des habitants d'Ithaque. Cette fois, sans raison apparente, elle imaginait le pire et ne comprenait pas pourquoi.

– Ulysse... Ulysse, murmurait-elle doucement comme si elle cherchait à parler à son âme. Reviens, il se fait tard, ton enfant t'attend, j'ai peur...

Aux premières lueurs de l'aube, elle était encore debout devant la plus haute fenêtre du palais. Derrière elle, dans son berceau, Télémaque pleurait à pleins poumons, effrayé par les hurlements du vent et par l'indifférence de sa mère, qui semblait ne plus l'entendre.

Soudain, Argos apparut au bout du chemin. Il jappait, le museau en l'air et la queue dressée. Pénélope sut aussitôt que rien n'était arrivé à son bien-aimé. Il était donc vivant !

Elle s'effondra en larmes, et c'est dans cet état qu'Ulysse la trouva. Il se précipita vers elle, effrayé. Elle exposa tant que bien que mal la raison de ses pleurs. Il l'écouta avec beaucoup d'attention.

– Moi aussi, belle Pénélope, j'ai peur de perdre ce bonheur si précieux, cette vie que nous avons ensemble, qui est si merveilleuse.

Elle était blottie contre lui, écoutait ces paroles à la douceur de miel tout en séchant ses larmes.

Il s'écarta d'elle, se redressa et dit :

– Viens, mon épouse adorée, je veux te montrer où j'étais et ce que je faisais.

Pénélope le suivit sans poser de questions. Il avait les yeux qui brillaient de cette lueur qu'elle aimait plus que tout. Ils traversèrent le palais, passèrent d'un couloir à l'autre, descendirent enfin quelques marches dérobées et se retrouvèrent devant une porte en bois sculptée qu'elle n'avait encore jamais remarquée.

– Mais où me conduis-tu ?

Il poussa la lourde porte et, se tournant vers elle, il dit :

– Voilà ma surprise. Il y a des mois que j'y travaille en essayant de ne pas éveiller tes soupçons.

Elle s'arrêta sur le seuil, n'en croyant pas ses yeux. D'abord elle eut du mal à reconnaître cet endroit, tant Ulysse l'avait transformé. Il avait monté des murs tout autour de la cour qu'il avait recouverte d'un toit. Au centre, il avait préservé l'olivier vigoureux qui était là depuis plusieurs centaines d'années et dont le tronc noueux, avec ses lignes courbes, s'élançait vers le ciel à la manière d'un corps. C'est tout autour de cet arbre qu'il avait bâti leur lit. Il en avait poli l'écorce et y avait incrusté de l'argent, de l'ivoire et de l'or.

– C'est notre grotte à nous, lui dit-il d'une voix douce, un endroit secret qui, comme les racines de cet arbre, puise et puisera inlassablement sa force dans la terre d'Ithaque que tu as adoptée avec tant d'évidence. Ce lit, symbole de notre amour, est inamovible et indéracinable. Il est voué à durer plus longtemps que nous-mêmes.

Pénélope était si bouleversée par ce cadeau unique qu'elle ne sut comment le dire avec les mots. Alors, elle glissa sa main dans celle de son époux et l'entraîna vers le lit où ils s'adonnèrent pendant des jours et des nuits aux plaisirs de l'amour.

6

Où l'on apprend à tenir ses promesses

C'est de cette chambre où elle avait été si heureuse que Pénélope vit un beau matin approcher le navire qui allait changer sa vie à jamais.

Le bateau qui accostait venait de Sparte. Ménélas, le mari d'Hélène, se présenta au palais, accompagné de Palamède, un homme réputé pour ses conseils avisés. Les deux hommes avaient le regard sombre. Le cœur de Pénélope fit un bond. Depuis toujours, l'existence de sa cousine jetait son ombre sur la sienne. De quel malheur ces hommes étaient-ils les messagers ?

Elle voulait croire encore qu'elle se trompait, mais le visage d'Ulysse trahissait une même inquiétude.

– Assieds-toi, Ménélas, déclara le roi d'Ithaque. Dis-nous simplement ce qui t'amène ici. À te voir si grave, notre appréhension grandit, cela n'augure rien de bon. La dernière fois que je t'ai vu, tu étais l'homme le plus heureux de ce pays. Hélène t'avait choisi au milieu de tous les valeureux prétendants qui rêvaient d'être à ta place…

– Et puis je crois que tu as eu un enfant, poursuivit Pénélope, une petite Hermione qui a l'âge de notre Télémaque, n'est-ce pas ?

Palamède les arrêta d'un geste de la main.

– Si vous parlez sans cesse, Ménélas ne pourra vous expliquer pourquoi il est ici.

Le mari d'Hélène commença son récit :

– La raison de ma venue remonte au temps de ce défi lancé par le roi de Sparte pour épouser ta cousine. Tu étais là, Ulysse, tu t'en souviens ?

Celui-ci acquiesça d'un simple signe de tête.

– Tyndare était effrayé par le nombre de prétendants venus de toute la Grèce pour s'affronter à la course et à la lutte, tous espérant épouser sa fille. Il craignait qu'une guerre n'éclate au moindre prétexte, car les déçus seraient nombreux et furieux d'avoir perdu. C'est alors que tu as eu cette ingénieuse idée, Ulysse…

Pénélope sursauta. Mais de quoi parlait-il ? Ulysse ne lui avait jamais rien dit !

Ménélas poursuivit :

– Tu as garanti la paix en exigeant que tous les prétendants jurent de porter secours au vainqueur si jamais on venait lui contester la possession d'Hélène.

– Je me souviens. Nous avons tous prêté serment et tu es devenu le roi de Sparte.

Ménélas reprit, d'une voix sombre :

– Je ne pouvais imaginer alors quel malheur allait s'abattre sur moi. Hélène est tombée amoureuse d'un autre homme, Ulysse. J'étais en Crète, à des funérailles, quand on est venu m'annoncer sa fuite avec Pâris à Troie.

Le mari trompé eut du mal à poursuivre. Il avait blêmi, ces mots lui faisaient mal, et les dire en public ajoutait à sa douleur.

– Depuis, le feu de la jalousie me brûle et me dévore ! J'enrage ! Je dois me venger et ramener Hélène de Troie ! Il n'y a plus une minute à perdre, Ulysse, prépare-toi !

– Mais de quoi parles-tu ? s'écria Pénélope. Que viens-tu faire ici, à réclamer encore des comptes à celui qui a déjà sauvé Sparte autrefois d'une guerre certaine ? Va demander aux autres, à Achille, à Agamemnon, à Patrocle… Mais d'Ulysse, vous n'obtiendrez rien !

Les larmes coulaient sur ses joues sans qu'elle pût les retenir. L'idée faisait son chemin et elle était atroce : Ulysse allait partir, il allait la quitter et mettre sa vie en danger. La guerre durerait, elle le sentait. Elle voyait se dérouler sous ses yeux les longues années de solitude et d'attente comme une menace et une souffrance sans fin.

Ulysse n'avait pas dit un mot. Il dévorait Pénélope des yeux et souffrait de sa souffrance mille fois plus fort encore qu'il n'aurait pu l'imaginer. Il se dressa soudain et dit avec force :

– Allons nous coucher, la nuit est tombée depuis longtemps. Demain, nous en reparlerons.

Ménélas insista.

– Tu me surprends, Ulysse ! Ce n'est pas ainsi que j'imaginais ta réaction. Nous avons besoin de tes forces, de ton intelligence pour…

– Tais-toi, Ménélas, tais-toi ! Je sais ce que j'ai à faire. Ne me parle pas sur ce ton, ne me donne pas d'ordre, je suis fatigué de cette guerre avant même qu'elle ait commencé…

– Mais que dis-tu, roi d'Ithaque ? renchérit Palamède. As-tu perdu l'esprit ? Tu as prêté serment au nom de Zeus comme tous ceux qui étaient à Sparte ce jour-là. Tu dois…

Ulysse s'approcha de Palamède, furieux et menaçant.

– Je le répète, ne me dis pas ce que je dois faire !

Celui-ci recula d'un pas, comprenant qu'Ulysse était fou de rage. Il baissa la tête, et le roi d'Ithaque sortit sans un regard pour ses invités.

Palamède se tourna résolument vers le roi de Sparte.

– Ne t'inquiète pas, Ménélas. Ulysse sait qu'il n'a pas le choix. Il a prêté serment et c'est un homme intelligent qui respecte les dieux. Il repartira avec nous. Laisse-lui le temps de dire adieu à ceux qu'il aime.

En attendant, allons dormir ! Nous avons besoin de repos, car la route jusqu'à Troie sera longue.

Pénélope et Ulysse se retrouvèrent dans leur chambre. Serrés l'un contre l'autre, adossés à l'arbre qui avait été témoin de leur bonheur, ils restèrent un long moment sans bouger, anéantis. Chaque minute qui passait les rapprochait de leur séparation.

– Tu as juré, tu n'as plus le choix..., soupira Pénélope, résignée.

– Tu ne sais pas ce que tu dis, tu ne mesures pas où va nous entraîner cette guerre, s'emporta son époux. Je ne veux pas défendre Hélène, ni partir à Troie, c'est absurde ! Je suis heureux ici, dans cette île, et c'est plus important que tout.

– Plus important que les dieux eux-mêmes ? demanda Pénélope.

Il répondit quelque chose qu'elle n'entendit pas, mais il y avait dans le son de sa voix une détermination qui la glaça d'effroi. Il se rapprocha d'elle, la serra contre lui un peu plus encore et il dit, si bas qu'elle eut de la peine à entendre :

– Il faut que tu me fasses confiance.

Le jour pointait à l'horizon. Il se leva brusquement et sortit de la chambre sans jeter un regard vers elle.

– Que vas-tu faire, Ulysse ? Tu me fais peur, murmura-t-elle à l'ombre qu'il avait laissée dans leur lit.

7

Où l'on apprend que certaines ruses sont malvenues

Le lendemain matin, quand elle entra dans la grand-salle du palais, Palamède et Ménélas s'y trouvaient déjà.

– Ulysse n'est pas avec toi ? demanda Palamède, froidement. Nous le cherchons partout.

Elle secoua la tête.

– Je le croyais avec vous.

Les deux hommes échangèrent un coup d'œil furieux. Ils étaient sûrs qu'Ulysse s'était enfui lâchement.

– Jamais Ulysse ne ferait une chose pareille ! protesta Pénélope qui semblait avoir lu dans leurs pensées.

– Alors dis-nous où il se cache ! s'exclama Ménélas.

À cet instant, Télémaque entra en courant. Il sauta

dans les bras de sa mère, heureux et insouciant comme il l'était toujours. Palamède et Ménélas détournèrent les yeux, visiblement gênés par le spectacle du bonheur qu'ils étaient venus détruire.

Télémaque, qui n'avait pas encore atteint l'âge de parler, les fixait de ses yeux clairs avec un air craintif.

Pénélope le posa par terre et, le tenant d'une main ferme, elle dit :

– Allons chercher ton père, il ne doit pas être loin.

Elle sentait pourtant ses jambes se dérober sous elle. Elle sortit du palais, suivie par Ménélas et Palamède dont le pas rageur résonnait jusqu'à la pointe de l'île.

Argos, le chien d'Ulysse, les suivait lui aussi. Il glissa plusieurs fois son museau dans le creux de la main de Pénélope. C'était comme un message qu'il transmettait à la femme de son maître. *Ne t'inquiète pas, ne t'inquiète pas…* disaient ses yeux confiants.

Mais Pénélope avait beau fouiller l'horizon du regard, nulle part il n'y avait trace d'Ulysse. Ils passèrent en revue tous les recoins de l'île, en vain. Ménélas et Palamède s'impatientaient.

– Où nous amènes-tu, Pénélope ? Comment croire qu'Ulysse ne t'ait pas dit où il allait ? N'es-tu pas en train de nous tromper ?

Ébranlée, Pénélope ouvrit la bouche pour répondre mais aucun son ne passa ses lèvres. Elle secoua la tête, haussa les épaules. Télémaque, sentant sa mère à bout, se mit à pleurer sans raison. Le chien aboya comme il faisait toujours à l'approche d'un danger.

– Le voilà ! s'écria Ménélas.

En effet, c'était bien Ulysse qu'ils apercevaient. Pourtant il avait l'air d'un autre, marchant comme il marchait, bossu, de travers, jetant parfois sa tête en arrière comme s'il venait de heurter un obstacle invisible.

– Ulysse... ? appela Pénélope d'une voix blanche.

Il ne répondit rien. Mais il grogna d'une bien étrange manière, lâchant un rire triste et cruel qu'elle ne lui connaissait pas.

– Ulysse ! tonna Ménélas. Qu'est-ce que tu fabriques ?

Il est vrai qu'un bien étrange spectacle se déroulait sous leurs yeux : Ulysse avançait dans un champ, poussant une charrue à laquelle il avait attelé un âne et un bœuf. Il creusait un sillon dans une terre trop sèche, à une époque de l'année où plus rien ne peut pousser.

Pénélope, tenant toujours Télémaque par la main, s'approcha de lui en tremblant.

– Ulysse, mais que fais-tu ? murmura-t-elle, consternée.

C'était du sel, du sel qu'Ulysse semait en sautillant derrière un âne et un bœuf ! Sans répondre à sa femme bien-aimée, il se mit à pousser des cris d'oiseau sauvage et à batailler avec des êtres invisibles qui avaient l'air de le harceler.

– Ulysse, mon amour… que fais-tu ? répéta Pénélope au supplice.

– Il est devenu fou ! s'écria Ménélas, effaré.

Il avait raison. Ulysse avait tout simplement perdu la raison !

Terrifié, Télémaque s'était blotti contre sa mère, cachant son visage dans le bas de sa tunique. L'âne, soudain, s'arrêta d'avancer, ce qui sembla mettre Ulysse dans une rage épouvantable. Le roi d'Ithaque secoua la charrue, trépigna et, se jetant sur le sol, se roula dans la terre, avant de se relever couvert de poussière et riant comme un forcené.

– Viens, Palamède, partons ! lança Ménélas. Nous avons provoqué le malheur à Ithaque. Le spectacle est horrible et il me fait honte.

Mais Palamède ne bougea pas. Depuis le début, il était resté immobile, à distance de la scène, froidement, le poing serré sur le manche de son épée comme s'il se trouvait face à un grand danger. Soudain, il s'élança vers Pénélope et lui arracha Télémaque des bras. Puis, tenant l'enfant par un pied, il le suspendit au-dessus du vide, là où la falaise tombait abruptement dans la mer.

– Tu simules, Ulysse, tu cherches à nous abuser ! cria-t-il alors.

Comme Ulysse ne réagissait pas, il poursuivit :

– Vas-tu laisser ton fils mourir sous tes yeux ? Réfléchis vite, car je n'hésiterai pas à lâcher du haut de

cette falaise l'enfant d'un lâche et d'un parjure. Tu fais semblant d'être fou ! C'est ton chien qui me l'a fait comprendre. Regarde-le, il est tranquillement allongé à l'ombre d'un olivier… Or, si tu étais malade, il le serait aussi !

Ulysse sauta sur Palamède. Lui arrachant Télémaque des bras, il le serra contre lui et le couvrit de baisers. Ulysse siffla ces mots rageurs à l'intention de Palamède :

– Toi, pitoyable redresseur de torts, je jure que je me vengerai de ce que tu viens de faire. Je le jure au nom de Zeus qui sait et qui voit tout.

Le regard qu'échangèrent les deux hommes en disait long sur la haine qu'ils se porteraient désormais l'un à l'autre. Et nul ne put douter que la vengeance du roi d'Ithaque serait terrible.

L'heure de la séparation était venue. Ulysse rendit l'enfant à sa mère, qui le prit fébrilement contre elle. Puis, les serrant tous les deux dans ses bras, il murmura d'abord à l'oreille de son fils ces mots que l'enfant était trop jeune pour comprendre :

– Pardonne-moi cette ruse ! C'est par amour pour vous que j'ai feint la folie. N'oublie pas que j'aurai tout fait pour préserver notre bonheur. Et toi, ma chère Pénélope, poursuivit-il d'une voix qui tremblait un peu, attends-moi car je reviendrai. Durant mon absence, il te faudra voir Ithaque avec mes yeux, gouverner comme je l'aurais fait, moi. Protège notre fils et ce que nous avons construit ici tous les deux. Promets-le.

– Je le promets, lâcha-t-elle dans un souffle.

Argos se mit alors à gémir en tournant autour de son maître. Il mordillait ses sandales et se roulait par terre, comme pour le détourner du malheur qui s'était abattu sur lui.

Ulysse lui caressa le museau.

– Prends soin d'eux, mon chien, jusqu'à ce que je revienne. Je te les confie, à toi aussi.

Enfin, le roi d'Ithaque suivit Palamède et Ménélas qui s'impatientaient.

Comme ils s'approchaient du bateau qui devait le conduire jusqu'à Troie, ils découvrirent une foule immense amassée sur la rive. C'était tout le peuple d'Ithaque venu en courant pour saluer celui qui les avait toujours défendus et aimés comme s'ils étaient ses propres enfants.

Ulysse s'avança dans un silence terrible.

– Peuple d'Ithaque, prenez soin de cette île !

Puis, serrant dans ses bras ses parents, Laërte et Anticlée :

– N'ayez crainte, je reviendrai !

Il lui restait une dernière chose à faire. Saluant son plus vieil ami, Mentor, il dit à voix haute pour que tous les hommes présents l'entendent :

– Je te demande, Mentor, de veiller sur mes intérêts.

Si cette guerre devait durer, ce serait à toi de faire en sorte qu'on préserve ma famille et mon palais !

Mentor jura qu'il ferait de son mieux. Puis Ulysse monta à bord.

C'est ainsi que le roi d'Ithaque quitta son île bien-aimée sous les yeux effarés de tout son peuple. En voyant le navire prendre le large, on se dit qu'Ulysse s'en allait sans doute pour longtemps.

– Peut-être même ne reviendra-t-il jamais, murmurèrent les plus pessimistes.

Pénélope, le cœur serré, refusa de les entendre. Elle rentra au palais, le pas lourd, sans pouvoir empêcher ses larmes de couler.

8

Où l'on mesure combien Pénélope est puissante

De sa chambre, Pénélope regarda le navire disparaître à l'horizon. Puis elle resta longtemps prostrée dans un état second tandis que le fidèle Argos hurlait à la mort sans finir. Les jours et les semaines passèrent. En proie à une profonde mélancolie, elle vivait avec cette seule idée en tête : Ulysse se battait tous les jours, il courait mille dangers et elle ne pouvait rien contre. Incapable de se lever, elle mangeait peu, refusait qu'on ouvre les rideaux, s'enroulait dans ses draps pour se livrer tout entière à son chagrin. Et quand on essayait de la raisonner et de la faire sortir de son lit, elle se mettait à pleurer comme une enfant, puis à hurler jusqu'à ce qu'on la laisse tranquille.

Le sort la privait d'un bonheur qu'elle avait cru éternel. Elle était en colère contre le monde entier. Et quand la colère la quittait, elle se remettait à pleurer.

Elle ne sortait de sa chambre qu'à la nuit tombée. Le monde enfin vide et silencieux s'accordait à son humeur. Certaine de ne croiser personne, elle arpentait l'île de long en large, retournait sur les lieux où Ulysse et elle aimaient se retrouver. Au bord de la mer, sur le sable frais, elle s'allongeait et scrutait les étoiles dans le ciel noir, espérant y trouver un peu d'apaisement. Les odeurs d'eau salée et d'algues vertes ramenaient des souvenirs si intenses qu'elle crut parfois qu'Ulysse était là pour de vrai et qu'il l'enveloppait dans ses bras.

Une nuit, elle s'endormit profondément au creux d'un rocher accueillant. Au petit matin, elle fut réveillée par des voix familières qui discutaient vivement sans savoir qu'elle était là. Elle reconnut Laërte et Anticlée, son ami Mentor et la nourrice Euryclée. Ils s'étaient donné rendez-vous à l'écart pour parler d'elle.

– Je ne la reconnais plus ! s'exclama Anticlée.

– Elle ne s'occupe même plus de Télémaque ! poursuivit Euryclée, d'un ton de reproche.

Mentor renchérit de sa voix grave, reconnaissable entre toutes :

– À l'agora, le peuple s'inquiète. Certains réclament le départ de Pénélope. Il est temps de prendre une décision. Qu'elle rentre chez son père et qu'elle laisse le soin de gouverner à l'un des chefs des îles environnantes ! Antinoos serait prêt !

– C'est impossible ! protesta Laërte. Ulysse est le seul roi d'Ithaque, personne ne peut prendre sa place !

– Alors c'est à toi, Laërte, de le remplacer puisque Pénélope en est incapable.

– Je suis trop vieux, Mentor, trop fatigué aussi… Personne à Ithaque ne me respectera, tu le sais comme moi.

Dans son coin, Pénélope les écoutait, écrasée par la honte. Ils avaient tellement raison ! Comment avait-elle pu être si égoïste ?

« Pénélope gouvernera un peuple sans tête… » Les mots de l'oracle, qui avaient tant fait ricaner ses frères, prirent soudain tout leur sens à ses yeux. Ithaque avait perdu son roi, son chef. Et tant qu'Ulysse serait loin, c'était à elle de prendre les rênes de cette île. Tel était son destin.

Mille fois, elle eut envie de jaillir de sa cachette pour rassurer les parents et les amis d'Ulysse, mais elle s'en empêcha. Plutôt que de parler, mieux valait leur montrer ce dont elle était capable. À peine eurent-ils disparu qu'elle courut se jeter dans les flots pour se laver, enroula ses longs cheveux mouillés sur sa tête avec des fleurs et des brindilles avant d'enfiler ses sandales pour foncer vers l'agora où justement l'assemblée se tenait ce matin-là.

Les mots de l'oracle résonnaient encore dans sa tête. Maintenant, profondément assurée de son rôle et de sa place, elle avait retrouvé son sang-froid habituel. Elle entra d'un pas ferme et tranquille dans la cité qui bruissait d'inquiétude. La rumeur de sa présence courut de proche en proche et, dans un premier temps, ne tranquillisa personne. Elle avait l'air si fragile, si jeune et tellement frivole avec ses coquelicots dans les cheveux !

– Non, mais vous l'avez vue ? Qui peut croire qu'elle sera capable de gouverner notre peuple ? disait-on dans son dos.

Pénélope sentait leur colère et leur pitié. Elle comprenait leurs doutes, elle les avait abandonnés. Il lui fallait désormais reconquérir leur confiance. Et vite !

L'agora était déjà pleine à craquer quand elle entra. Au milieu se dressait le trône de son époux adoré. Le voir vide lui donna un coup terrible. Elle sentit ses jambes mollir sous elle. Elle se ressaisit et continua de se frayer un chemin à travers la foule.

Ce qu'elle découvrit dépassait l'entendement. Elle n'en crut pas ses yeux. Au centre, à la place qu'elle avait l'habitude d'occuper en tant que reine, se tenait un jeune homme qui parlait plus fort que tout le monde, donnait des ordres et distribuait les rôles avec brutalité.

C'était Antinoos, un des fils d'Eupithès, un jeune homme ambitieux, aussi violent que bête, et qu'Ulysse avait toujours méprisé. Le pire était de voir les gens d'Ithaque lui obéir. Ils marchaient tous les yeux baissés, les épaules rentrées, devenus craintifs et apeurés, eux qui hier encore étaient si fiers de vivre ensemble sur cette île.

Sans hésiter, Pénélope se précipita vers lui. L'impudent personnage, tout occupé à gouverner à la place de la reine, n'avait pas remarqué sa présence. Il était en train de se moquer d'une femme qui suppliait à genoux qu'on écoute son histoire et qu'on lui rende justice.

À la vue de la reine, le peuple s'était tu. Antinoos tourna la tête et blêmit :

– Pénélope ?

Il en resta bouche bée. Pénélope s'adressa à lui sur un ton mi-amusé, mi-fâché avec lequel on s'adresse aux enfants mal élevés :

– Je crois que tu es assis sur mon trône, cher Antinoos ! Est-ce que tu pourrais me le rendre, s'il te plaît ?

Il ne bougeait toujours pas, pétrifié. Elle tapa alors sèchement dans ses mains comme pour le réveiller. Dans l'assemblée, des rires moqueurs éclatèrent. Il se leva d'un bond comme si on venait de le piquer aux fesses et salua la reine en marmonnant de vagues excuses inaudibles. Le peuple n'avait plus d'yeux que pour Pénélope. La foule attendait, émue, que la reine prenne la parole. Mais elle ne dit rien. Elle se contenta de prendre place et de poser sur eux un regard plein d'amour. Enfin, d'un geste de la main, elle invita

simplement la femme qu'Antinoos avait traitée avec dédain à exposer sa demande.

L'inconnue s'empressa de raconter son histoire :

– Je m'appelle Eurynomé. Je suis veuve depuis que mon époux est mort noyé en mer, emporté par une terrible tempête alors qu'il pêchait pour nourrir sa famille. Depuis, mon père veut me faire épouser un homme autoritaire et déjà père d'enfants qui ont presque mon âge ! Je préfère la mort à ce triste vieillard. Je refuse tous les jours, et tous les jours mon père me répète que je n'ai pas le choix, que je dois obéir. Je ne suis qu'une femme… Ô ma reine, tu es mon dernier recours ! Je suis venue te demander d'empêcher ce mariage dont je ne veux pas !

Pénélope ne répondit rien. La situation était délicate. Aller contre la volonté du père de cette jeune femme, c'était prendre le risque de se mettre tous les hommes d'Ithaque à dos. Ce qu'elle ne devait pas. D'un autre côté, elle comprenait Eurynomé. Comment épouser quelqu'un qui vous dégoûte ?

Un silence impressionnant régnait sur l'agora. Le peuple était suspendu à sa décision. Sans réfléchir plus longtemps ni demander conseil à quiconque, la reine tendit la main vers la femme et, l'invitant à se relever, elle prononça ces paroles ailées :

– J'ai justement besoin d'une intendante au palais. Entre à mon service, Eurynomé, tu seras logée et nourrie, et surtout tu me seras utile. J'expliquerai moi-même à ton père que j'aurai besoin de toi jour et nuit.

« Quelle jolie pirouette ! Eurynomé est désormais sous la protection de la reine ! » pensa Mentor en la regardant faire.

La foule semblait d'accord avec lui. La décision de la reine était juste. Et même si elle déplaisait à certains, Pénélope était parvenue à n'humilier personne.

Seul Antinoos, peut-être, qui jurait à voix basse qu'il se vengerait. Mais il n'y eut ce jour-là personne pour prêter attention à ses menaces venimeuses.

Cette première victoire fut suivie de beaucoup d'autres. Et, au fil des saisons, les gens d'Ithaque se rendirent à l'évidence : Pénélope savait tout faire !

Aussi bien rafistoler des filets de pêche que traire des chèvres et faucher le blé.

Rendre justice aussi bien dans des affaires d'argent que dans des conflits de famille.

Aussi bien veiller à ce que personne n'ait faim qu'à punir ceux qui cherchaient à profiter du malheur des plus faibles.

Aussi bien respecter les dieux et veiller à ce qu'ils soient honorés que fêter la vie, le soleil et la lune, le bleu de la mer et celui du ciel dès que c'était possible.

Elle devint la reine d'Ithaque, celle qui les gouvernait, les protégeait et dont ils respectaient les décisions. Elle en était heureuse, elle aimait ce travail qui la rapprochait d'Ulysse dont la pensée ne la quittait jamais. Il allait revenir, elle en était certaine, elle l'attendait, elle l'attendrait le temps qu'il faudrait, sa vie entière s'il le fallait.

9

Où l'on apprend que les histoires qu'on raconte servent à remplacer les pères quand ils sont partis loin

Ulysse avait vu juste. La guerre de Troie était vouée à durer. Des messagers abordaient de temps à autre dans l'île pour rassurer la reine : Ulysse était en vie. Ils racontaient aussi que les Grecs se battaient avec vigueur, attaquant les villes aux alentours de Troie, semant la terreur, faisant couler le sang, capturant des femmes pour en faire leurs esclaves. En entendant le récit de ces crimes, Pénélope frémissait d'horreur. Après le départ des messagers, elle allait au temple d'Athéna pour offrir en sacrifice les plus belles bêtes, le meilleur vin et les fleurs les plus odorantes.

– Continue de protéger mon amour, Athéna ! Rappelle à Ulysse que son fils grandit sans lui et qu'il l'attend.

Pénélope tenait bon. Ses souvenirs la portaient vers l'avenir. Mais pour Télémaque, c'était plus compliqué.

Il ne ressemblait plus à l'enfant joyeux et insouciant qu'il avait été ; il restait assis devant la mer pendant des journées entières, sans bouger, plus immobile qu'une statue. La nuit, souvent, Pénélope l'entendait pleurer. Elle allait alors le rejoindre dans sa chambre et lui demandait ce qui n'allait pas.

– Rien, répondait-il invariablement. Tout va bien.

– Mais pourquoi pleures-tu ?

– Je ne pleure pas.

– Et ces larmes sur tes joues, qu'est-ce que c'est ?

– C'est de l'eau qui coule toute seule !

Il fermait les yeux et lui tournait le dos. Ses mains à elle se mettaient à trembler. Elle ne supportait pas de voir souffrir son fils. Il fallait qu'elle trouve le moyen de le faire sourire à nouveau ! C'était plus important que tout.

Pénélope commença par suivre son fils en cachette. Son petit bonhomme passait ses journées à promener sa frêle carcasse et sa mine boudeuse d'un bout à l'autre du palais, obéissant à ses maîtres, à sa nourrice ou à sa mère sans jamais ni sourire ni pleurer. Une seule chose parvenait parfois à lui arracher un sourire. Quand Argos était là, les yeux de Télémaque se mettaient à briller, et quand le chien venait poser son museau sur ses cuisses, l'enfant le caressait doucement entre les oreilles. Les regards qu'ils échangeaient en disaient bien plus que n'importe quel discours.

Dès lors, Pénélope proposa tous les jours à Télémaque de partir en promenade avec le chien de son père le long des falaises d'Ithaque. Ils faisaient courir Argos qui allait, venait et sautait autour d'eux, tout à la joie pure de l'air, du vent et de la présence de ses maîtres. Pénélope retrouva la mémoire des courses de son enfance. Au fil des jours, elle se remit à jouer avec son fils, lui apprit les dés, les dames, les nœuds pour la pêche. Elle lui donna aussi le goût du tir à l'arc, cet art dans lequel elle avait excellé petite, battant même le plus expérimenté de ses frères. Télémaque s'enhardit, semblant à de brefs instants être au bord de sourire. Mais, chaque fois, ses lèvres semblaient se figer, comme s'il était pris en flagrant délit d'une faute impardonnable, et son visage se froissait dans une grimace étrange. Il ne pouvait pas rire, il avait peur, répétait qu'il ne savait pas expliquer pourquoi. Inlassablement, Pénélope reprenait leurs jeux, y jetant toute son âme. Elle riait pour deux, courait et dansait et faisait japper Argos. Un jour, elle glissa sa main dans celle de son fils. Il la serra fort comme pour lui dire merci.

– On va y arriver, murmura-t-elle alors. Je t'en fais le serment. Ton père reviendra.

Hélas ! comme chaque fois qu'elle essayait de lui parler de ce qu'il ressentait, il se refermait aussitôt sur lui-même. Cette fois encore, il retira sa main. Son mutisme désespérait Pénélope.

Jusqu'au jour où les dieux décidèrent de leur venir en aide.

Ce matin-là, Télémaque courait à perdre haleine quand il franchit le seuil d'une forêt si dense que la lumière ne la traversait jamais. Étourdi par la vitesse et grisé par le vent, le jeune prince refusa de ralentir. Il voulait gagner, il avait pris Pénélope de vitesse, elle criait derrière lui.

– Sois prudent ! Tu vas tomber… fais attention…

Le bruit de la voix de sa mère se perdait dans celui de la pluie qui tombait dru sur les feuilles au-dessus de leurs têtes. Si bien que Télémaque ne vit pas qu'il fonçait droit sur un sanglier tapi derrière un rocher. L'animal sauvage crut être attaqué. Il fonça sur Télémaque et le renversa avant de prendre la fuite.

Pénélope hurla de peur et d'angoisse.

Son fils lui fit un signe de la main : il n'avait pas perdu connaissance.

– Pardon…, murmura-t-il aussitôt.

Mais elle n'entendait rien. L'ayant pris dans ses bras, elle courut aussi vite qu'elle pouvait. Elle avait vu, elle, la blessure que son fils ne sentait pas. Il saignait pourtant beaucoup, l'entaille était profonde et quand enfin, Pénélope arriva au palais, elle se précipita vers Euryclée, la nourrice d'Ulysse, qui avait la connaissance des herbes et saurait peut-être le soigner.

Les yeux de la vieille femme s'arrondirent de surprise quand elle vit Pénélope. Elle allongea vite

l'enfant près du feu et demanda qu'on lui apporte un linge propre et de l'eau chaude. Puis elle se mit à raconter une histoire étonnante :

– Ce sont les dieux qui ont envoyé ce sanglier contre toi, ô digne fils d'Ulysse. Ton père avait exactement ton âge quand moi, sa nourrice, j'ai soigné la blessure qu'il avait reçue à la cheville au même endroit que toi.

Télémaque se redressa brusquement, les yeux brillants.

– Raconte, Euryclée ! S'il te plaît, raconte-moi Ulysse !

Jamais Pénélope n'avait entendu son fils parler avec une voix si forte et si claire. La nourrice se lança dans le récit détaillé du combat qu'avait livré Ulysse contre une bête sauvage.

– ... alors qu'elle était prête à l'écraser, il l'a frappée à l'épaule !

Télémaque buvait les paroles de la vieille femme.

– La pointe de son épée est ressortie, brillante, à l'autre flanc de la bête, qui, en grognant, s'est roulée dans la poussière. Mais Ulysse était blessé. Les fils d'Autolycos ont bandé sa jambe pour arrêter le sang de couler. Ils l'ont conduit ici. J'ai soigné sa blessure, qui avait exactement la même forme que celle que tu t'es infligée aujourd'hui.

Télémaque regarda la plaie et avança sa main pour la toucher des doigts et s'assurer qu'elle était bien réelle. Puis il leva les yeux vers sa mère. Et pour la première fois depuis de longs mois, Pénélope vit un sourire éclairer le visage de son fils.

Le lendemain, elle fit venir son plus beau bœuf pour qu'il soit sacrifié en l'honneur d'Athéna, la déesse aux yeux de chouette, qui l'avait protégé.

– Dis-lui, déesse, dis-lui qu'il peut être fier de son fils, dis-lui aussi que nous continuons de l'attendre.

Désormais, quand le soleil disparaissait derrière la ligne d'horizon, Pénélope s'asseyait à son métier à tisser, et Télémaque, prenant place à côté d'elle, demandait à entendre parler de son père :

– Raconte Ulysse...

Ils étaient souvent rejoints par Euryclée, par Laërte et Anticlée qui traversaient l'île tout exprès. Le chien Argos s'allongeait au milieu d'eux et s'endormait profondément, n'étaient ses oreilles qui frémissaient chaque fois qu'on prononçait le nom de son maître.

– Raconte Ulysse ! s'impatientait Télémaque.

Et tous, chaque soir, ils racontaient Ulysse. Son enfance, son courage, son humour, son goût pour les ruses, son art de la parole... et son amour pour Ithaque.

Télémaque ouvrait des yeux immenses. Pénélope souriait en le regardant, trouvant un peu d'apaisement à reconnaître sur le visage de son enfant les traits de son bien-aimé.

10

Où l'on apprend que la fin de la guerre amène d'autres combats plus difficiles à gagner

– La guerre est terminée ! Troie est tombée aux mains des Grecs. Ils vont bientôt rentrer ! s'exclama le messager qui venait d'accoster.

Cela faisait dix ans qu'Ulysse était parti. Une vaste clameur enthousiaste parcourut l'île. Pénélope organisa en l'honneur de son hôte un banquet où elle convia le peuple d'Ithaque. Quand le messager fut rassasié, on l'invita à raconter l'histoire de la victoire des Grecs sur les Troyens.

– C'est grâce à l'ingéniosité d'Ulysse que nous avons remporté la victoire. Il est décidément le plus rusé des mortels.

Un murmure satisfait et gorgé d'excitation courut dans toute la salle.

Le messager raconta longuement comment Ulysse

avait eu l'idée de construire un immense cheval en bois qu'il avait fait rouler secrètement la nuit jusqu'aux portes de la ville. L'étrange objet avait suscité chez les Troyens autant de curiosité que d'effroi. Ils avaient fait entrer l'animal dans la cité et l'avaient poussé jusqu'à l'agora. Puis ils s'étaient assis autour du cheval et avaient réfléchi longuement à ce qu'ils allaient en faire. Ils étaient loin d'imaginer qu'il était rempli de soldats armés jusqu'aux dents. Les Grecs avaient pris les Troyens par surprise en jaillissant soudain du ventre de bois.

C'est ainsi que la guerre s'était achevée.

– Ulysse...

Pénélope avait laissé échapper le prénom de son bien-aimé à voix haute. Le cœur gonflé d'espoir, les yeux étincelants, elle le voyait déjà. Il allait entrer dans la grand-salle du palais, fatigué et meurtri par ces années de combat, ses fidèles compagnons rassemblés autour de lui.

Le messager conclut son récit, comme pour répondre au rêve de Pénélope.

– Athéna, choquée par la violence des combats, a retardé leur retour. Il fallait bien qu'ils se sentent coupables d'avoir provoqué de tels ravages. Je sais qu'Ulysse a quitté Troie il y a peu...

– Il sera bientôt là, déclara Pénélope tranquillement. Allons au temple d'Athéna pour nous assurer sa protection !

Une clameur de joie et de fierté s'éleva de l'assemblée. Ils la suivirent avec ferveur.

Bientôt, la vie reprit son cours ordinaire à Ithaque. En apparence du moins, car plus les jours passaient et plus la tension se faisait vive. L'attente, maintenant qu'on savait la guerre terminée, était devenue insupportable. Les habitants traînaient des jours entiers sur la jetée et sur le mont Niritas, le point culminant de l'île, pour scruter l'horizon jusqu'à ce que la lumière décline.

En vain. Le bateau d'Ulysse restait invisible.

Jusqu'au jour où Nauplios débarqua à Ithaque.

– Qui est ce Nauplios ? demanda Pénélope à Euryclée dont le visage s'était assombri en entendant son nom.

– Le père de Palamède.

Le cœur de Pénélope se glaça d'effroi. Elle se souvenait parfaitement des promesses de vengeance qu'Ulysse avait proférées au moment où Palamède l'avait démasqué alors qu'il faisait semblant d'être fou.

Pénélope courut sur la grève. Quand elle arriva au port, Nauplios accostait et il était seul. Le vieil homme aux traits épais, à la peau grêlée, boitait légèrement. Il s'approcha, traînant sa sombre carcasse et fixant de ses yeux d'épervier la femme d'Ulysse.

– Je suis porteur de bien mauvaises nouvelles, lança-t-il d'une voix lugubre.

Pénélope cessa de respirer. Derrière elle, Laërte et Anticlée s'étaient mis à pleurer. Nauplios les regardait, l'un après l'autre, et ses yeux étincelaient d'un plaisir mauvais. Il ouvrit la bouche comme s'il allait parler et puis la referma, semblant chercher quelqu'un dans la foule qui s'était amassée derrière la reine.

Enfin, découvrant Télémaque, il marcha vers lui.

– Tu es le fils d'Ulysse ? demanda-t-il au jeune garçon.

Celui-ci hocha la tête.

– Tu es bien jeune encore pour remplacer ton père.

Pénélope étouffa un cri.

– Que dis-tu, étranger ? Parle, on te comprend mal.

Nauplios ricana méchamment.

– Tu m'as parfaitement compris, Pénélope. Mais puisque tu veux que je le dise, je vais le faire sans plus tarder. Oui, je suis venu jusqu'ici pour vous annoncer moi-même la mort du roi d'Ithaque. Il a sombré en mer il y a quelques jours. Il est mort comme un chien et n'aura même pas de sépulture. Et vois-tu, cette nouvelle me réjouit...

Un silence horrifié accueillit ces paroles. Comment un mortel pouvait-il être aussi cruel ?

Il poursuivit :

– Je voulais lire dans vos yeux et sur vos visages la douleur que j'éprouve moi-même chaque jour depuis que Palamède, mon fils unique, qui était honnête et juste, qui respectait le serment fait aux dieux, a été victime d'Ulysse. À cause des manigances infâmes du roi d'Ithaque, mon fils a été jugé pour une trahison qu'il n'avait pas commise et condamné à mort par les siens !

– Tu mens ! hurla Pénélope, se bouchant les oreilles. Va-t'en, retourne d'où tu viens, disparais !

Elle tourna les talons, prit son fils par la main et remonta en tremblant l'allée qui la menait au palais. Son peuple la suivait, hagard et stupéfait. Qu'allaient-ils devenir sans leur roi bien-aimé ? Pénélope allait-elle retourner chez son père comme la loi l'y obligeait ? Ou allait-elle épouser un autre homme qui deviendrait leur roi ? Ils entrèrent dans la salle où le trône d'Ulysse leur parut vide pour la première fois.

Pénélope avait l'air soudain si fragile et perdue. Télémaque avait reculé d'un pas, se cachant d'instinct derrière sa mère. Quant à Anticlée, elle était tombée un peu plus tôt sur le sol du palais, terrassée par le chagrin. Seul le chien Argos trottinait allègrement au milieu d'eux. De temps en temps, il venait mordiller les pieds de Télémaque comme il faisait d'habitude pour l'inviter à jouer.

Mentor, l'ami d'enfance du héros disparu, l'observait attentivement. Le chien avait grogné dès que Nauplios était descendu de son bateau et s'était fait menaçant à plusieurs reprises quand le vieil homme avait annoncé la mort d'Ulysse. Mentor avait dû le retenir fermement contre lui. Sur le moment, anéanti comme les autres par ces terribles nouvelles, Mentor n'y avait pas prêté attention. Ce n'est qu'en voyant l'animal à nouveau paisible et insouciant que le doute s'était immiscé dans son esprit.

– Et si Nauplios mentait ? s'écria-t-il soudain. Et si, aveuglé par sa propre douleur, il avait décidé de se venger de Pénélope et du peuple d'Ithaque ?

Un frémissement parcourut l'assistance. Et chacun y alla de son commentaire. Bientôt deux camps s'affrontèrent. Il y avait ceux qui trouvaient l'hypothèse de Mentor stupide et même dangereuse. À quoi bon garder l'espoir d'un retour qui fragiliserait Ithaque ? Les autres en étaient convaincus : Ulysse était vivant !

Pénélope les laissa discuter entre eux un long moment. Enfin, elle leva la main pour faire taire la foule. On obéit, on se rassit, on l'écouta.

– Cher peuple d'Ithaque, dit-elle alors d'une voix plus assurée, Mentor a raison et mon cœur me dit qu'Ulysse est bien vivant. Mais je comprends votre inquiétude. Je vous demande d'attendre que d'autres viennent nous raconter ce qu'ils savent et ce qu'ils ont vu. Il y a dix ans que je règne seule sur cette île au nom d'Ulysse. Quelques mois de plus ne changeront rien à l'avenir. Les dieux nous protègent. Athéna n'a pas cessé de veiller sur nous. Ne perdons pas confiance, je vous le demande. Retournons au travail et continuons d'attendre, ensemble.

Elle se tourna vers Télémaque et, le regardant droit dans les yeux, elle dit :

– Ton père est vivant, je le sens au plus profond de moi. Il faut que tu en sois convaincu, toi aussi ! N'aie pas peur, il sera bientôt de retour parmi nous.

Le garçon se jeta dans les bras de sa mère sous les yeux émus de l'assemblée tout entière. Un coup de tonnerre gronda dans le ciel. La foule surprise sentit qu'il s'agissait d'un signe venant des dieux.

Puisque telle était la décision de Zeus, ils attendraient.

11

Où, pour tromper ses ennemis, Pénélope invente la plus séduisante des ruses

Antinoos n'avait jamais cessé de convoiter le trône du roi. Il avait patienté dans l'ombre en attendant son heure. Mentor et Laërte n'étaient plus que deux vieillards inoffensifs. Quant à Télémaque, il n'était pas encore de taille à l'affronter. Antinoos pensait que son tour était venu : il allait épouser Pénélope et deviendrait le roi d'Ithaque. Ce projet occupait toutes ses pensées. Mais il n'était pas le seul. Des dizaines d'autres hommes à Ithaque nourrissaient le même dessein. Et les chefs des îles environnantes se mirent à en rêver à leur tour. Le temps jouait en leur faveur. De gré ou de force, Pénélope finirait par capituler.

Longtemps, la reine feignit d'ignorer les avances de ces jeunes ambitieux. Jusqu'au jour où ils décidèrent que le moment était venu de se déclarer. Ils choisirent de le faire à plusieurs pour qu'elle sente à quel point ils étaient décidés. Et si elle avait peur, se dirent-ils, ce ne serait pas plus mal.

Il faisait ce jour-là un temps magnifique. On était au début de l'été, le ciel était d'un bleu intense et les rayons du soleil brillaient, tels des diamants, sur la mer Ionienne.

Eurynomé proposa à la reine d'aller au bord de l'eau pour se baigner. Pénélope refusa, elle n'avait plus goût à rien. L'intendante du palais insista et la reine céda à ses arguments. Elle essuya les larmes qui coulaient la nuit quand elle dormait.

– Tu as raison, chère Eurynomé, mais c'est parfois si difficile…

Une fois dehors, saisie par l'éclat de la lumière, elle retrouva une sorte de légèreté, courant avec ses servantes jusqu'à la plage qui se trouvait un peu à l'écart du palais. Toutes aussi joyeuses et prises d'un bel élan, elles se jetèrent à l'eau, criant, plongeant et riant de plaisir.

Aucune d'elles n'avait remarqué une dizaine de silhouettes sombres qui les avaient suivies dès qu'elles étaient sorties du palais. Elles jouaient avec insouciance quand, soudain, elles se rendirent compte de leur présence menaçante. Des hommes s'approchaient, les fixant maintenant de leurs yeux cruels. D'instinct, elles se regroupèrent derrière Pénélope,

tirant sur leur tunique pour cacher leurs jambes nues. Les hommes ricanaient, sûrs d'eux, ils entraient déjà dans l'eau quand surgit Antinoos, une épée à la main. Il leur hurla de déguerpir, sauta ici et là, moulinant de son bras droit. Curieusement, les hommes lui obéirent, disparaissant aussi vite qu'ils étaient apparus.

Antinoos se tourna triomphalement vers la reine.

– Quelle imprudence, chère Pénélope !

Celle-ci, qui n'était pas dupe de leur manège, rétorqua, pleine de mépris :

– Qui sont ces crétins que tu as fait fuir en faisant tournicoter ton bras comme un moulin à vent ?

Bravache, Antinoos ricana et dit d'une voix mielleuse :

– Tu devrais me remercier au lieu de me prendre de haut ! Si je n'avais pas été là, qui sait ce qui se serait passé ! Vous êtes toutes si belles, si fragiles... Se baigner seules et sans précaution, tu le vois bien, Pénélope, c'est une provocation. Tu es arrogante, tu te crois invincible alors que tu n'es même pas capable de protéger tes servantes. Imagine ce que ton peuple pensera quand il entendra parler de cette aventure ? Comment se sentir en sécurité quand on est gouverné par une faible femme ?

Furieuse, Pénélope se dressa de toute sa hauteur et, s'approchant d'Antinoos, elle demanda froidement :

– Où veux-tu en venir ? Que cherches-tu à me dire ? Parle !

– Je dis ce que je dis, c'est pourtant simple à comprendre ! Maintenant qu'Ulysse est mort, il faut que tu choisisses, comme la loi t'y oblige, un homme pour le remplacer. Mais si tu préfères rester veuve, alors retourne chez ton père pour continuer de pleurer celui qui n'est plus de ce monde et laisse-nous enfin sa place !

– Tais-toi, Antinoos ! Je ne suis pas veuve. Ulysse n'est pas mort et il va finir par revenir !

L'insolent, sûr de sa force, éclata d'un rire méchant. Il poursuivit :

– Ça suffit, nous avons assez patienté. Organise un banquet, invite tous les hommes en âge de t'épouser. Ne prends pas le risque de violences inutiles !

Pénélope baissa les yeux. Serrant les poings, elle luttait contre l'envie de le gifler. Elle prit une profonde inspiration, s'efforçant de garder son calme. Quand elle releva la tête, ce fut pour offrir à Antinoos un visage tranquille. Contre toute attente, elle prononça ces mots d'une voix enjôleuse :

– D'accord, Antinoos, je comprends. Après tout, oui, faisons ce banquet ! Je vous recevrai avec tous les honneurs. À la fin du repas, je vous dirai quelle est ma décision.

Ivre de contentement, Antinoos la salua, ne doutant plus de son succès.

Le peuple d'Ithaque fut ainsi convié au plus grand banquet jamais organisé depuis le départ d'Ulysse.

Les tables fleuries regorgeaient de mets fins et savoureux, le vin coulait à flots et la reine parée de ses plus beaux atours siégeait sur son trône, ravissante et plus désirable que jamais. Sur les bancs, entre deux plats raffinés, on faisait des paris. Lequel de ces jeunes prétendants Pénélope allait-elle choisir ?

– Antinoos, le plus riche et le plus ambitieux, déclaraient certains.

– Eurymaque est moins beau mais il est plus doux. C'est lui qu'elle choisira, il sait si bien parler, soutenaient les autres.

– Eurydamas est un peu plus âgé, il lui conviendra mieux ! affirmaient les anciens.

Mais ils étaient si nombreux à être sur les rangs ! On les compta : cent huit, tous impatients de monter sur le trône pour gouverner Ithaque.

Télémaque errait dans la salle, écoutant ce que disait ce peuple qui avait tant aimé Ulysse. Il se sentait trahi par ce père absent dont il n'avait gardé aucune image, si triste de n'avoir aucun souvenir de son visage, du son de sa voix ou même de sa démarche. Il aurait pu le croiser sur sa route et ne pas le reconnaître.

« À quoi va ressembler ma vie quand ma mère aura choisi un nouvel époux ? » se disait-il, bouleversé.

Enfin, Pénélope se leva et la salle entière se tut.

– Peuple d'Ithaque, dit-elle, écoutez ce que j'ai à vous dire. Le jour où Ulysse s'en alla loin de son pays natal, il me prit la main droite et me dit : « Prends soin de mes père et mère, de notre fils, de notre peuple aussi. Le ciel me fera-t-il revenir à Ithaque ? Nul ne peut le prédire. Mais si tu vois un jour de la barbe au visage de ton fils, alors épouse qui te plaît et quitte notre demeure ! » Je sais bien, mes chers prétendants, que mon Ulysse n'est plus. Néanmoins, malgré vos désirs de hâter ce mariage, permettez que je fasse un dernier geste en son hommage. Je voudrais tisser un grand linceul dans lequel on pourra ensevelir notre seigneur Laërte quand l'heure de sa mort sera venue. J'en appelle à votre pitié. Laissez-moi faire ce dernier cadeau à la famille de mon bien-aimé, le divin Ulysse qui vous a tant chéris !

Sa voix vibrait d'une émotion si grande qu'elle bouleversa chacun des invités. Ils se souvinrent alors de tout ce qu'elle avait fait pour eux, de la paix qu'elle avait réussi à maintenir grâce à son sens de la justice.

Agacé et déçu, Antinoos sentit qu'il ne pouvait aller contre l'émotion qu'elle avait provoquée. D'un ton magnanime, il répondit en ces termes :

– Ô sage Pénélope, prends évidemment le temps qu'il te faudra ! Toutefois, ajouta-t-il prudemment, il faut t'engager sur l'honneur à choisir, une fois ce linceul achevé, celui d'entre nous qui gouvernera Ithaque.

Pénélope promit et la foule acclama la reine.

La première année, Pénélope la consacra à choisir ses fils et à imaginer quels dessins elle allait broder. Elle hésita beaucoup, consulta des tisseuses très expérimentées et décida finalement de représenter l'île et ses habitants. Le projet, fort ambitieux, demandait un temps fou car il était complexe. Et comme il s'ajoutait à toutes ses obligations de reine, au bout d'un an, quand Antinoos demanda à voir le linceul, il fut fort déçu : ce qu'elle avait tissé faisait la taille de sa main !

Furieux, il la regarda droit dans les yeux et dit d'une voix glaciale :

– Ne te moque pas de nous trop longtemps, Pénélope, ou tu pourrais le regretter amèrement ! Tout le monde a entendu ta promesse. Désormais, nous reviendrons chaque jour pour nous assurer que tu ne retardes pas l'échéance à dessein.

Pénélope hocha la tête et répondit :

– Mais venez donc, chers prétendants, venez tous les jours si vous le souhaitez ! Vous me trouverez à mon métier à tisser en train de travailler.

Ainsi fut fait.

Chaque jour, pendant deux ans, à tour de rôle, ils passèrent au palais. Elle manifestait beaucoup de plaisir à les voir, faisait en sorte qu'ils se confient, ce qu'ils faisaient volontiers. Ils aimaient tant parler d'eux ! Et repartant, ils racontaient chaque fois qu'ils avaient vu, de leurs yeux vu, la reine travailler des heures durant à son métier à tisser.

Cependant, Antinoos avait eu raison de se méfier. Il y avait bien longtemps que la reine aurait dû avoir achevé son ouvrage. Mais chaque nuit, quand tout le palais était plongé dans le sommeil, avec l'aide d'Eurynomé, sa fidèle amie, Pénélope défaisait un bout de ce qu'elle avait tissé dans la journée.

– Je suis inquiète, Pénélope, murmura Eurynomé, un soir à la fin de la troisième année. Je les entends qui grognent, ils se doutent de quelque chose. Ils sont de plus en plus mécontents et cherchent à te prendre en défaut… Tu ne pourras plus les leurrer bien longtemps.

Pénélope hocha la tête et lui fit cette réponse :

– Tu as raison, mais c'est mon seul espoir et je le fais durer. Peut-être les dieux finiront-ils par me prendre en pitié ? Et puis ces fougueux prétendants sont si bêtes ! Il suffit de les flatter un peu et de promettre encore… ce que jamais ils n'obtiendront de moi !

Alors, un cri terrible déchira le silence de la nuit. C'était Mélantho qui avait tout entendu ! La servante qu'Antinoos avait payée pour surveiller la reine se mit à courir comme une folle à travers le palais en hurlant :

– Trahison ! Trahison ! Pénélope vous ment ! Elle a rusé pendant trois ans, elle s'est moquée de vous ! Trahison ! Trahison… !

12

Où l'on voit encore Pénélope chercher mille moyens pour échapper aux cent huit prétendants

Les prétendants, furieux, s'étaient réunis dans la grand-salle du palais. Plus haut, dans sa chambre, la reine se préparait à les rejoindre.

« Vingt ans ! se dit-elle, dévastée. Il y a maintenant vingt ans qu'Ulysse a quitté Ithaque. Et je l'ai attendu pour rien. J'ai échoué. L'heure est venue de l'admettre devant ce peuple que j'ai tant chéri. »

Elle s'était drapée dans un tissu raffiné aux reflets moirés et avait enroulé sur sa tête ses longs cheveux en un chignon épais. Maintenant, elle fardait ses joues, ses lèvres et ses paupières. Contemplant son reflet dans le miroir, elle peinait à se reconnaître. Et c'était exactement l'effet recherché, se cacher derrière ce maquillage et ces vêtements somptueux pour que ses vrais sentiments restent secrets, invisibles à tous ces regards qui allaient la scruter.

D'en bas montaient les cris et les rires de cette triste fête qui avait lieu chez elle contre son gré. Ils étaient tous entrés par la force et exigeaient qu'elle désigne le soir même l'homme qui deviendrait le nouveau roi d'Ithaque. Cette fois, elle n'avait plus d'autre choix que de leur obéir. Pourtant, elle n'arrivait pas à renoncer et cherchait encore le moyen de les tromper pour repousser l'heure de ce mariage.

On appelait maintenant Pénélope à grands cris. On buvait, on braillait, on dansait sur les tables. Qu'ils avaient l'air odieux, ces prétendants sûrs de leur force et de leur pouvoir ! Qu'ils étaient haïssables et répugnants, à croire qu'ils avaient des droits sur la reine !

Pénélope tardait à se montrer. Leur impatience et leur colère grandissaient. Certains suggéraient déjà de la faire descendre de force.

Un étranger apparut alors au seuil de la grand-salle. Il demandait l'hospitalité à Ithaque et prétendait avoir connu Ulysse.

– Qu'on aille chercher la reine, j'ai quelque chose à lui dire, les pria-t-il humblement.

Les prétendants ricanèrent en toisant ce vieil homme, habillé de guenilles, un peu sale, qui désirait parler à la reine.

– Mais d'où sors-tu, mendiant ? s'écria Antinoos.

Ne sais-tu pas que des hommes comme toi, il en est venu des dizaines à Ithaque ? Ils avaient tous une histoire délirante à raconter à la reine. Il est vrai qu'ils étaient sûrs d'être bien reçus et bien nourris par cette vieille folle qui…

– C'est de moi que tu parles ? s'indigna Pénélope.

Sans qu'ils s'en fussent rendu compte, elle observait la scène du haut des escaliers.

Ils se retournèrent vers elle, surpris. Elle les toisait, fière, digne, imposante. Elle poursuivit :

– Qu'allons-nous devenir si jusqu'en nos maisons un paisible étranger peut être traité aussi cruellement ? Avez-vous perdu la tête, jeunes gens, pour bafouer les règles de l'hospitalité ? Vous ne craignez donc plus le courroux des dieux ? N'oubliez jamais qu'ils vous observent et qu'ils sauront vous punir si vous allez trop loin !

Ils baissèrent les yeux, l'air vaguement coupable.

Pénélope examina le voyageur qui s'efforçait de rester dans l'ombre. Son cœur battait comme chaque fois que quelqu'un affirmait avoir des nouvelles du roi d'Ithaque.

« Saura-t-il me dire ce qui retient Ulysse et où il se trouve ? pensait-elle. Peut-être l'a-t-il croisé… Qui sait s'il n'est pas porteur d'un message pour moi ? »

Elle n'aspirait qu'à entendre ce mendiant au plus vite. Mais au milieu de ces prétendants déchaînés, l'homme risquait de ne pas oser s'exprimer librement.

Comment éloigner Antinoos et ses comparses sans déclencher leur colère et essuyer un refus de leur part ? Elle eut alors une idée lumineuse.

– Jeunes gens d'Ithaque…, commença-t-elle, charmeuse. Vous voulez m'épouser, mais vous êtes si nombreux et vos qualités sont si grandes qu'il m'est impossible de choisir l'un d'entre vous avec certitude. J'y ai longuement réfléchi et je vous avoue que j'ai beaucoup hésité, trop peut-être, concéda-t-elle en apparence. J'ai finalement décidé que seul un concours pourrait vous départager : j'épouserai le vainqueur de l'épreuve des haches. Celle-là même dans laquelle Ulysse excellait. Ainsi, celui qui tendra l'arc de mon époux à mains nues et qui saura traverser d'une seule flèche les douze haches, celui-là, j'accepterai de le suivre. J'en fais ici le serment ! Allez vous préparer. Je viendrai vous rejoindre une fois que ce mendiant que vous avez si mal reçu se sera désaltéré et nourri comme il convient.

– Tu le jures ? s'écria Antinoos, soupçonneux.

– Oui, je le jure, répondit-elle, en couvrant son visage avec son voile.

La foule des prétendants poussa un cri sauvage de satisfaction. Pénélope en frissonna d'effroi.

13

Où l'on comprend que Pénélope était bien plus rusée qu'Ulysse

La reine d'Ithaque fit monter le mendiant dans ses appartements.

– Quel est ton nom, étranger ? D'où viens-tu et quelle est ton histoire ? lui demanda-t-elle alors.

Elle l'observait intensément, mais il était trop loin dans cette demi-obscurité pour qu'elle puisse distinguer ses traits. L'homme gardait les yeux baissés et ses mains cachés dans ses guenilles. Il se lança enfin, parlant trop bas :

– Qu'importe qui je suis… Ce que je vois ici me rappelle tout ce que j'ai perdu jadis. J'ai parcouru ton île et je n'y ai vu que paix et prospérité. Partout, l'orge et le blé poussent en abondance, les arbres sont chargés de fruits et les troupeaux de chèvres sont nombreux et bien nourris. Mieux qu'un roi,

Pénélope, tu règnes avec justice sur un peuple vaillant qui redoute les dieux.

Pénélope frissonna. Cet étranger avait beau se cacher, parler tout doucement et refuser de dire qui il était, elle avait l'étrange impression de le reconnaître ! Son cœur affolé la poussait à se jeter dans ses bras, à crier son nom, à hurler sa joie. Mais sa tête lui dictait autre chose. Pourquoi le visiteur ne se montrait-il pas sous sa véritable apparence ? Et si elle se trompait ? Il fallait qu'elle se maîtrise, qu'elle ruse encore et joue à faire semblant.

Elle haussa les épaules et décida de piquer sa fierté.

– Mais quels mots sortent de ta bouche, étranger ? N'as-tu pas vu qu'en ce palais je ne fais plus que retarder un mariage que je fuis depuis de longues années ? Tous ces petits tyrans me pressent d'épouser l'un d'entre eux. Alors que le seul nom d'Ulysse me fait fondre le cœur, je me vois obligée d'en épouser un autre. Et toi, tu viens me complimenter sur la prospérité qui règne sur cette île ? Es-tu donc aveugle, en plus d'être si vieux et d'apparence si misérable ?

Le mendiant sursauta. Il releva la tête et, un court instant, un éclat de colère traversa son regard. De nouveau, il baissa les yeux.

– Tu t'étais faite bien belle ce soir, marmonna-t-il en guise de réponse. Tu n'avais pas l'air de fuir les prétendants ni même d'en être apeurée. Quand tu parles, ils t'écoutent et t'obéissent. Qui sait ce que tu leur as promis ?

Pénélope s'emporta :

– De quoi m'accuses-tu, étranger ?

Il allait répondre mais elle leva la main.

– Laisse-moi te raconter ce qui m'est arrivé avant de dire n'importe quoi ! Peux-tu seulement imaginer ce que j'ai vécu durant ces années de solitude où j'ai tenu promesse à un époux dont je suis restée sans nouvelles ? J'ai protégé ma maison, j'ai gouverné cette île et j'ai élevé mon fils. Et pendant ce temps…

Le mendiant ne put s'empêcher de relever la tête, avide qu'il était de l'entendre. Elle planta ses yeux furieux dans les siens et donna libre cours à sa colère :

– … pendant ce temps, les aèdes se sont succédé pour raconter les aventures d'Ulysse qui a, paraît-il, défié les dieux en crevant l'œil du Cyclope. Mais que lui est-il arrivé après la guerre de Troie ? Les autres combattants sont rentrés depuis longtemps chez eux ! Seul Ulysse s'est égaré sur le chemin du retour. A-t-il vraiment mangé, comme on l'a prétendu devant moi, ces fleurs de Lotus qui rendent amnésique au point qu'il a tout oublié, jusqu'au nom de son fils ? Un autre m'a rapporté qu'Ulysse avait provoqué la colère du dieu Éole et que son navire avait sombré en mer. Des voyageurs m'ont annoncé qu'il avait défié les Sirènes, réputées capables d'attirer les mortels par leur chant pour les dévorer. La rumeur ne m'a rien épargné. Pas même le récit détaillé du roi d'Ithaque tombant sous le charme de nymphes sublimes ou de magiciennes ensorcelantes auprès desquelles il a pris beaucoup de bon temps. Et moi, moi, pendant ce temps, j'ai travaillé à la prospérité de son île et j'ai accumulé les ruses pour conserver son trône. J'ai tenu bon, un jour après l'autre. Aujourd'hui, je ne peux plus reculer. Je dois céder et en épouser un autre. Mon propre fils est en colère contre moi comme si je lui avais menti ! Et toi, un mendiant, un étranger, tu viens m'accuser de chercher à plaire à ces jeunes imbéciles ?

Le mendiant, confus et bouleversé, se précipita pour lui répondre :

– Digne épouse du fils de Laërte, crois-moi ! Tu devrais très bientôt avoir des nouvelles d'Ulysse. Je... je l'ai croisé, il est en route, il va bientôt venir.

Il cherchait ses mots, troublé. Ses mains s'étaient mises à trembler. Pénélope esquissa un sourire plein de tristesse amère.

– Sais-tu combien sont venus, avant toi, me dire la même chose ? Pourquoi te croire, toi, quand ils me mentaient tous et abusaient de l'espoir que j'avais mis en eux ?

– Le jour de son départ d'Ithaque, dit le mendiant d'une voix grave, ton époux portait un manteau pourpre que fermait une agrafe en or. Sur le dos était brodé un chien tenant entre ses deux pattes un faon qui se débattait.

– De quelle couleur étaient les animaux ? demanda la reine, le souffle court.

– Ils étaient en or, répondit le mendiant avec force.

Des larmes se mirent à couler sur les joues de Pénélope.

– C'était lui... c'était le vêtement qu'il portait quand il est monté sur le navire... ! Quand l'as-tu vu et où ? Vas-y, parle !

– Vénérable Pénélope, ne crains rien. Ulysse sera de retour avant que les misérables prétendants n'aient pu tendre la corde de son arc et tirer la moindre flèche. Crois-moi !

Puis il se leva et fit demi-tour sans ajouter un mot. Elle le suivit des yeux tandis qu'il quittait la pièce. Son cœur en était sûr. Il s'agissait d'Ulysse ! De son époux vieilli et déguisé en mendiant ! Pour quelle raison ne s'était-il pas fait reconnaître ? Elle n'arrivait pas à comprendre et cela la rendait folle...

Pendant ce temps, les prétendants s'étaient tous réunis dans la plaine derrière le palais. Ils guettaient impatiemment le retour de la reine. Enfin, elle apparut, l'arc d'Ulysse à la main. Ils l'acclamèrent si fort que leurs cris résonnèrent à l'autre bout de l'île.

– Levez-vous ! s'exclama Antinoos. Venez tous, mes amis, à la file, en commençant par le côté où l'on nous verse à boire !

Ils obéirent, s'échauffèrent, impatients de relever le

défi. Puis, l'un après l'autre, ils s'emparèrent de l'arc du roi d'Ithaque. L'arme était sculptée dans un bois clair. À première vue, il avait l'air aussi léger, maniable et souple qu'un arc ordinaire. Mais dès qu'on l'avait en main, l'effet était tout autre : il pesait si lourd qu'on ne savait comment le manier pour faire tenir sa flèche. Tous, pourtant, ils s'y efforcèrent. Une fois, deux fois, dix fois. En vain. Bien que jeunes et parfaitement entraînés, ils devaient renoncer, dépités et furieux, avant de passer l'arme au concurrent suivant, en évitant de croiser son regard. Plus aucun d'eux ne parlait.

Bientôt, il n'en resta que deux : Antinoos et Eurymaque. Nerveux, ce dernier exigea qu'on allume un feu.

– Apportez aussi un morceau de cire pour chauffer et graisser la corde ! ordonna-t-il.

Il y avait longuement réfléchi. Il était sûr que cela suffirait. Il retourna l'arc entre ses mains, le chauffa à la lueur du feu et, quand il lui sembla prêt, il l'empoigna et tira de toutes ses forces sur la corde pour le bander. Ses efforts restèrent sans effet. La corde ne bougea pas d'un centimètre.

– Misère ! hurla-t-il, furieux. De quoi avons-nous l'air ? Nous sommes donc incapables d'égaler Ulysse ? Quelle humiliation !

Mais l'arrogant Antinoos s'avançait justement pour essayer l'arc à son tour. Le mendiant, qui avait observé toute la scène, l'arrêta.

– Et si je l'essayais, moi aussi ? Donnez-moi cet arc, beaux jeunes gens, pour que je teste la vigueur de mes bras et que je voie si j'ai gardé la force que j'avais autrefois.

Les prétendants éclatèrent de rire devant tant de naïveté. Antinoos le prit violemment à partie :

– Misérable étranger, tu as perdu la tête ? As-tu vu de quoi tu as l'air ? Tu es vieux et faible, alors contente-toi de manger tranquillement avec nous et de nous regarder sans faire de commentaires, d'accord ?

– Antinoos, intervint Pénélope, n'insulte pas notre hôte ! Pourquoi ne pas lui donner l'arc, après tout ? Nous verrons bien ce dont il est capable.

Télémaque, qui se tenait juste derrière le mendiant, prit alors la parole.

– Mère, s'exclama-t-il un peu trop fort, c'est moi qui ai le pouvoir de donner ou de refuser cet arc à qui bon me semblera !

Pénélope écarquilla les yeux de surprise, ne sachant comment réagir. Télémaque avait l'air tellement sûr de ce qu'il disait. Jamais son fils n'avait montré une telle détermination. Il poursuivit :

– L'arc est une affaire d'hommes et donc une affaire qui me concerne. Laisse-nous et retourne dans tes appartements !

Pénélope vacilla. Mais que se passait-il ? Comment son propre fils osait-il lui parler sur ce ton ?

Elle hésitait sur le parti à prendre quand elle surprit un sourire étrange sur le visage du mendiant. Quelque chose se tramait. Elle comprit qu'elle devait faire confiance à son fils et faire semblant de lui obéir, comme si elle se soumettait à sa loi.

Sans ajouter un mot, elle tourna les talons et rentra au palais.

À peine fut-elle arrivée dans ses appartements qu'une fatigue étrange s'empara d'elle, l'obligeant à s'allonger sur son lit où elle s'endormit profondément. Elle ignorait que c'était la déesse Athéna elle-même qui avait versé un doux sommeil sur ses paupières.

La reine ne s'était pas trompée. À peine eut-elle disparu que le mendiant enleva ses haillons, saisit son arc et montra aux prétendants effarés qui il était vraiment. Quand ils reconnurent Ulysse, pour eux, c'était déjà trop tard.

La première flèche fut pour Antinoos. Elle l'atteignit à la gorge et traversa de part en part son cou délicat. Alors les prétendants, courant dans tous les sens, se mirent désespérément en quête de boucliers et de lances.

Ulysse leur jeta un regard plein de mépris

– Chiens ! cria-t-il en armant son arc. Vous n'imaginiez pas qu'un jour je reviendrais chez moi ! Vous pilliez ma maison, vous insultiez mon fils, vous convoitiez ma femme ! L'heure de votre mort a sonné !

Il dit et se lança dans le combat avec Télémaque à ses côtés. Longtemps, Athéna laissa l'issue de la bataille incertaine. Elle voulait que les deux hommes fassent ensemble la preuve de leur courage. Ainsi Ulysse découvrit-il la force et l'agilité de son fils tandis que Télémaque admirait l'habileté et la ténacité de son père. Ils luttèrent tous les deux jusqu'au bout et bientôt plus un seul de ces cent huit horribles prétendants ne fut en vie.

Le soleil dardait à peine ses premiers rayons quand la vieille nourrice du héros entra dans la chambre de Pénélope en courant.

– Ulysse est revenu ! Pénélope, ton bien-aimé est de retour à Ithaque, il est vivant ! Vivant ! Les dieux ont entendu tes prières !

Pénélope, abasourdie par cette nouvelle, resta d'abord sur son lit sans bouger. Euryclée se précipita vers elle et la prit par la main pour l'entraîner en bas. La reine se laissa faire.

Dans la grand-salle, Ulysse l'attendait. Mais Pénélope ne se jeta pas dans ses bras, ne lui prit pas les mains, ne versa pas une larme. Elle se tint loin, glaciale, faisant semblant de ne pas le reconnaître. Il était hors de question qu'elle cède au premier regard. Elle voulait qu'il mesure sa détermination et qu'il comprenne qu'après avoir si bien gouverné cette île, elle saurait aussi gouverner son cœur et rester la maîtresse de cette demeure. Lui, les yeux baissés, attendait les premiers mots de son épouse.

L'immobilité et la froideur apparente de sa mère mirent Télémaque hors de lui.

– Ton cœur est trop cruel et plus dur qu'un rocher ! Rester loin de lui, aussi indifférente, alors que pendant vingt ans, tous les jours, il a failli mourir ?

La plus sage des femmes rétorqua tranquillement :

– Si vraiment cet homme est Ulysse, nous nous reconnaîtrons.

À ces mots, le héros esquissa un sourire plein d'espoir. Il se tourna vers son fils.

– Laisse-nous, Télémaque ! Ta mère me met à l'épreuve. Bientôt, sois-en sûr, elle me reconnaîtra.

De mauvaise grâce et non sans avoir jeté un coup d'œil furieux à sa mère, Télémaque obéit.

En apparence, Pénélope ne réagit pas. Elle était pourtant submergée par des émotions et des questions brûlantes : qui était cet homme qu'elle retrouvait après vingt ans d'absence ? Qu'éprouvait-elle pour lui ? Et que restait-il de l'émerveillement du jour de leur rencontre, quand elle avait fait semblant d'être une chevrière ? Étaient-ils encore capables d'être heureux ensemble ?

Ulysse, lui, la dévorait des yeux. Il cherchait à deviner le cours de ses pensées. Mais elle parvenait à rester impénétrable. Son silence et cette distance qu'elle maintenait entre eux le mettaient au supplice.

Il n'avait jamais été patient. Il se leva brusquement, s'approcha tout près d'elle et, trop fougueux, trop empressé aussi, il lui saisit la main. Elle la lui retira sèchement.

– Malheureuse ! s'exclama-t-il, blessé. Télémaque a raison, ton cœur est devenu bien sec ! Me repousser quand j'ai tant besoin de te serrer contre moi…

Elle gardait la tête baissée et cachait ses mains dans les plis de sa robe. Muette. Butée.

– Très bien ! déclara le héros.

Se détournant de son épouse, il appela Euryclée :

– Nourrice, je suis fatigué. Va me dresser mon lit, j'irai dormir tout seul… !

– Oui, Euryclée, renchérit la reine avec ruse, va chercher ce lit qu'il a construit de ses mains et transporte-le ici près du feu pour qu'il n'ait pas froid.

– Quoi ? As-tu bien prononcé ces mots qui me torturent ? demanda Ulysse d'une voix brisée par le chagrin. Qui donc a déplacé notre lit ? C'est toi qui as donné cet ordre ? C'est ce que tu voulais… ?

Elle se tenait très droite, soutenant son regard et semblant ignorer le mal qu'elle lui faisait. Il ajouta dans un souffle, incrédule :

– Tu as fait couper l'olivier qui soutenait notre lit, tu as osé faire ça ? Mais alors, tout est perdu !

Il tomba sur le sol, à genoux, brisé par cette trahison.

Pénélope, cette fois, ne pouvait plus douter de l'amour qu'Ulysse lui portait. N'y tenant plus, elle éclata en sanglots et se jeta dans ses bras.

– Bien sûr que non, Ulysse, je n'y ai pas touché ! Notre lit est toujours à sa place ! Mais il fallait bien que je te mette à l'épreuve. Je voulais m'assurer que tu ne trichais pas avec tes sentiments. J'avais si peur... Comment savoir, après toutes ces années, que c'était bien pour moi, pour nous, pour ton fils et ton île, que tu étais revenu ? On m'a dit tant de choses sur tes années d'errance...

Ulysse la serrait contre lui et laissait couler des larmes trop longtemps retenues.

– Tu es décidément la plus rusée des femmes ! s'exclama-t-il en riant au milieu de ses larmes.

Et sans plus rien ajouter, il la prit par la main et ensemble, ils se rendirent dans cette chambre où ils retrouvèrent le bonheur d'être deux.

C'est ainsi que le peuple d'Ithaque regagna son roi.

Un roi qui fut d'abord surpris d'avoir à partager le pouvoir. Force lui fut de constater, en effet, que durant toutes ces années, Pénélope avait tant appris sur les affaires du royaume qu'il fallait maintenant la consulter sur tout. Non seulement elle était respectée, mais on recherchait ses conseils, son sens de la justice, sa ténacité, comme cette façon particulière qu'elle avait de donner de l'importance à chacun.

Pendant des siècles, les aèdes chantèrent le récit des aventures d'Ulysse en mer Égée. Le peuple raffolait de l'histoire du Cyclope, de Charybde et Scylla et de la magicienne Circé. Mais on demanda aussi à entendre l'histoire de la reine, de la sage, de la noble et de la fidèle Pénélope.

Les poètes la comparent avec la belle Hélène dont l'ombre n'a cessé de planer sur son destin. Et finalement, ils s'accordent pour dire que si la première a causé une guerre atroce, la femme aux mille ruses, elle, a sauvé et son île et son peuple.

Table

L'autrice

ISABELLE PANDAZOPOULOS est née en 1968 d'un père grec et d'une mère allemande.
Devenue professeure de français, sans doute pour le plaisir de partager sa passion des livres et de la lecture, elle a toujours enseigné dans des zones dites difficiles avant de se spécialiser pour travailler auprès d'adolescents en grande difficulté, puis d'élèves en situation de handicap mental. Elle partage aujourd'hui son temps entre la littérature et l'animation d'ateliers d'écriture.
Isabelle Pandazopoulos a trois enfants. Elle habite Paris, qu'elle aime à la folie mais pas autant que sa datcha du Bazois, dans la Nièvre, où elle écrit ses livres.

De la même autrice chez Gallimard Jeunesse

ROMANS

On s'est juste embrassés
La Décision
Double faute
Trois Filles en colère
Demandez-leur la lune
L'Honneur de Zakarya

RÉCITS MYTHOLOGIQUES

La Malédiction des Nibelungen
L'Odyssée (Homère)
L'Épopée de Rama (Vālmīki)
Les Douze Travaux d'Hercule
Jason à la conquête de la Toison d'or

Héroïnes de la mythologie

Athéna, la combative
Pénélope, la femme aux mille ruses
Ariane l'astucieuse
Déméter l'indomptable

Découvrez un extrait
d'**Athéna, la combative**

1

Une fille pas si sage

Les premières lueurs du jour pointaient à peine derrière le mont Olympe quand la jeune Athéna bondit hors de son lit. Chaque nuit, elle guettait fébrilement le retour du soleil. Car elle avait besoin de lumière pour la surprise qu'elle préparait à son père. Et puis, de toute façon, elle n'aimait pas dormir. Il n'y avait pas assez d'heures dans une journée pour faire tout ce qu'elle avait à faire.

Vivre lui prenait tout son temps. C'était une vraie passion.

En quelques secondes, elle fut prête. Un peu d'eau sur le visage, un coup de brosse dans les cheveux; elle enfila la même tunique que la veille et noua ses sandales autour de ses chevilles. Elle courut ensuite, en se faisant le plus discrète possible, vers cette salle qui se trouvait à l'autre bout du palais. Il lui fallut monter plusieurs volées de marches, emprunter des salles immenses et vides et longer des couloirs sombres. Essoufflée, elle poussa doucement la lourde porte, qu'elle referma aussitôt derrière elle. Personne ne devait savoir qu'elle venait ici et encore moins apprendre ce qu'elle y faisait.

L'immense machine en bois se dressait au milieu de la pièce, dix fois plus haute qu'elle et cent fois plus large. Deux montants étaient reliés par des milliers de fils multicolores. On aurait dit les cordes d'une harpe étrange. C'était un métier à tisser, un vrai, comme seules les tisserandes avaient le droit d'en posséder. Il servait à fabriquer la toile des vêtements des dieux, mais aussi des tapis et des tentures pour orner le palais de Zeus.

Athéna reprit son travail là où elle l'avait laissé la veille.

– Dessus, dessous, dessus, dessous..., murmurait-elle du bout des lèvres, passant la navette entre les fils comme si c'était une grosse aiguille.

Elle avait de longue date dessiné son projet au crayon, choisi soigneusement chaque couleur, agencé les formes géométriques. Mais avoir tout prévu ne l'empêchait pas de douter de ses choix. Au bout de deux ou trois rangs, elle descendait de son tabouret, courait au fond de la pièce, s'adossait au mur pour vérifier l'ensemble. Comme c'était la première fois qu'elle tissait un ouvrage d'une telle ampleur, elle manquait d'assurance. Et puis, il n'y avait personne pour lui apprendre et pour la conseiller. Elle voulait le faire seule. Cela faisait des semaines qu'elle venait ici en cachette, après avoir réussi à convaincre la servante Lyco de lui confier la clef de la salle et d'empêcher quiconque d'y avoir accès. Encore quelques jours et elle aurait fini. Le cadeau pour son père serait prêt pour le prochain banquet des dieux. Elle en rougissait de plaisir. Son cœur battait plus vite, Zeus allait être si fier…

Un bref éclat de voix qui venait des jardins la ramena à elle.

« Quelle idiote ! se dit-elle, le soleil est déjà haut, je n'ai pas vu le temps passer ! »

Le palais bruissait de l'effervescence du matin. Elle entrouvrit la porte et, comme elle le craignait, elle vit du monde partout. Il fallait vite qu'elle se rende à la salle d'étude avant qu'on s'aperçoive qu'elle n'était plus dans sa chambre ! Elle laissa passer un groupe de jeunes gens qui portaient un grand plateau couvert de victuailles et se faufila dans le couloir en rasant les murs. Elle courait, légère, rapide, presque invisible. Enfin, elle y était ! Essoufflée, elle poussa la porte de la salle, constata, à sa grande joie, qu'elle était vide et se jeta sur son livre préféré qui traitait de philosophie. Elle se plongea dans la question du jour, « L'immortalité rend-elle heureux ? », ce qui la fit sourire.

Chiron, son maître, aimait lui soumettre des questions difficiles…

Elle était si concentrée qu'elle ne remarqua pas qu'on l'observait.

Héra en personne se tenait debout à la porte et avait l'air furieuse.

2

Jalousies

La vénérable Héra, épouse de Zeus, souveraine du ciel et reine au trône d'or, était respectée et obéie de tous, même de la fière Athéna, qui la craignait beaucoup et veillait à ne jamais rien faire qui pût la contrarier. Hélas ! malgré tous ses efforts, la jeune fille agaçait Héra. Non seulement Athéna n'était pas sa fille, mais elle était l'enfant préférée de son père. Quoi qu'il arrivât et quoi qu'elle fît, Zeus la trouvait extraordinaire, adorable et merveilleuse. On disait qu'il la gâtait trop, on affirmait que c'était mauvais d'être aimée sans condition, on pensait qu'elle deviendrait orgueilleuse et tyrannique. Athéna déjouait les ragots : elle était tout simplement parfaite. Bizarrement, cette perfection était la seule chose qu'on avait à lui reprocher et provoquait beaucoup de jalousies, d'envies et de rivalités, ce qu'en vérité la jeune déesse ne pouvait empêcher.

Il y avait longtemps qu'Héra surveillait Athéna, cherchant à la prendre en faute et à écorner l'image que Zeus avait de sa fille. Le pouvoir que celle-ci pourrait acquérir en grandissant l'inquiétait sérieusement. Et justement, depuis quelque temps, la reine avait remarqué d'étranges absences, elle trouvait Athéna anormalement rêveuse, comme occupée par des pensées interdites. Alors, quand elle l'avait vue ce matin-là courir à perdre haleine, les joues roses de plaisir et le sourire aux lèvres, elle avait su qu'elle ne s'était pas trompée : Athéna trichait, Athéna mentait, elle en était certaine ! Elle se voyait déjà traîner la jeune fille parfaite aux pieds du grand Zeus pour la forcer à avouer son crime.

– Où étais-tu ? demanda la reine d'une voix forte.

Ne l'ayant pas vue entrer, Athéna sursauta et retint un cri de surprise. Que répondre ? D'un côté, elle voulait garder son secret, de l'autre, elle détestait mentir.

– Chère Héra, vous m'avez fait peur ! Je...

D'un geste, la vénérable déesse la fit taire.

– Je t'ai vue arriver ici en courant. Je suis sûre que tu caches quelque chose.

– La lumière est si belle en cette saison, répondit Athéna en souriant. Je n'arrive pas à dormir tard.

C'était la vérité, une vérité qui lui permettait de ne pas répondre à la question posée.

– Tu te moques de moi ?

La voix d'Héra était menaçante. Athéna blêmit. Il

n'était pas dans ses intentions d'offenser la déesse. Au contraire… Elle s'apprêtait à lui répondre franchement. Après tout, peut-être qu'Héra comprendrait. Elle aimait Zeus, elle aussi…

Mais à l'instant où elle ouvrit la bouche, son frère Arès surgit dans la pièce en hurlant. Il tenait une jeune femme par les cheveux et semblait près de la jeter par la fenêtre.

– Que se passe-t-il ? tonna Héra, stupéfaite, tandis qu'Athéna se précipitait pour les séparer.

Arès ne s'attendait pas à voir sa mère ici. Il lâcha aussitôt la jeune femme qui n'était autre que la démone Éris, sa compagne de jeu favorite. Elle fit un profond salut à Héra, qui lui ordonna de sortir. Éris s'échappa en courant. Mais alors qu'elle était déjà dans le couloir, elle se ravisa, revint sur ses pas et se jeta aux pieds de la déesse.

– Vénérable déesse, tout est de ma faute ! Ne punis pas ton fils, je suis seule responsable.

Arès éclata d'un rire mauvais. Éris, ce démon ailé qui avait le goût des conflits, lui jeta un coup d'œil complice. Elle jouait à être coupable et il se doutait qu'elle avait un plan derrière la tête. Même au milieu de la pire des bagarres, les deux affreux s'amusaient beaucoup, aimant par-dessus tout le désordre, le chaos et la violence. Aussi leur cruauté n'avait-elle pas de limites.

– Oserais-tu te moquer de moi ? demanda Héra à la jeune effrontée.

Éris leva vers elle des yeux où se lisait un respect qui avait l'air sincère.

– J'ai dit à Arès des choses qui l'ont mis dans une colère noire. J'ai eu tort, je le regrette...

Dans un souffle et d'une petite voix pointue, elle ajouta :

– ... même si je continue de croire qu'Athéna est plus forte que lui à la course comme à la lutte.

Arès redevint aussitôt rouge de colère. Douter de sa force et de sa puissance ne suffisait pas à Éris ? Il fallait qu'en plus elle le compare à une fille ! Quelle honte ! Comment osait-elle penser des choses pareilles ?

Sans hésiter, il sauta sur Athéna et la bouscula violemment. La jeune déesse ne s'attendait pas à une telle attaque. Elle tomba en arrière, sa tête heurta le sol et avant qu'elle ait eu le temps de comprendre ce qui lui arrivait, Arès se ruait sur elle pour la frapper.

Héra n'en revenait pas de voir son fils brutaliser sa propre sœur, sans respecter les règles de la lutte. Quel spectacle lamentable ! La reine outrée eut beau lui crier d'arrêter, le jeune homme n'entendait rien. Athéna se redressa, retourna les coups pour se défendre. Quant à Éris, juchée sur une table, elle encourageait Arès en poussant des cris hystériques. En quelques secondes, la salle d'étude était devenue un vrai champ de bataille.

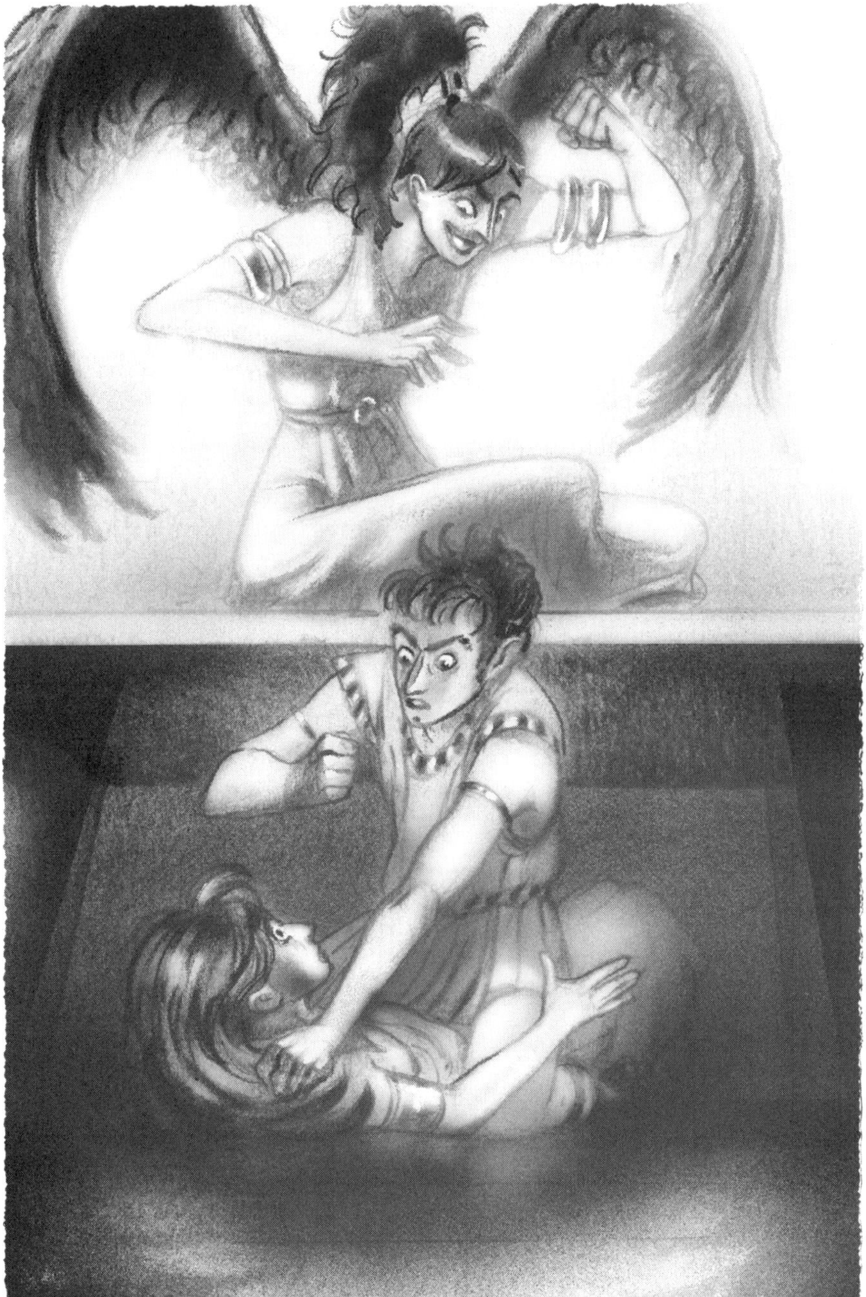

Zeus, alerté par le bruit, entra dans la pièce.

– Arrêtez immédiatement, ordonna-t-il d'une voix si puissante qu'elle résonna au-delà du mont Olympe.

Arès, rouge et échevelé, se mit debout. Il savait comme tout le monde qu'Athéna était la fille préférée du dieu des dieux et qu'il risquait gros à s'être attaqué à elle comme il l'avait fait.

– Que se passe-t-il ? demanda Zeus, en aidant Athéna à se relever.

– Ils se sont disputés, s'empressa de dire Héra.

Zeus fronçait déjà les sourcils, menaçant Arès de son courroux divin. Mais Héra s'interposa.

– Ce n'est pas ce que tu crois, cher Zeus. Tu ferais bien de m'écouter avant de commettre une injustice. Quand tu auras entendu mon histoire, peut-être qu'enfin tu y verras plus clair…

« Il n'y a pas un instant à perdre, pensa-t-elle. Il faut faire diversion et profiter de ce chaos pour mettre en défaut la fille préférée de Zeus. »

Le dieu des dieux jeta un regard inquiet à Athéna. D'un signe de tête, il invita Héra à poursuivre. Celle-ci s'empressa de lui obéir.

– J'ai surpris Athéna en train de faire quelque chose qu'elle refuse de m'avouer. Il y a plusieurs jours qu'elle échappe à la surveillance de tous. Alors que je lui posais la question clairement, l'invitant à me confier la vérité, elle a effrontément menti, se moquant ouvertement de moi.

Athéna leva vers elle ses yeux clairs. Elle avait le regard limpide de ceux qui ont la conscience en paix. Elle se tourna vers Zeus.

– Cher père, je ne mentais pas. Je voulais juste te faire une surprise… mais je crois que l'heure est venue que tu saches…

Elle lui saisit la main et l'entraîna dans le dédale de couloirs qu'elle avait empruntés au petit matin. Héra, Arès et l'infernale Éris les suivaient, fous de curiosité.

Le papier de cet ouvrage est composé de fibres naturelles, renouvelables, recyclables et fabriquées à partir de bois provenant de forêts gérées durablement.

Mise en pages : Maryline Gatepaille

Loi n° 49-956 du 16 juillet 1949
sur les publications destinées à la jeunesse

ISBN: 978-2-07-514883-2
Numéro d'édition : 612740
Premier dépôt légal : août 2021
Dépôt légal : juin 2023
Imprimé en Italie par Grafica Veneta